폭풍의 언덕 1

일러두기

• 이 책은 Emily Brontë, 『*Wuthering Heights*』(Project Gutenberg, 1996)를 참고했습니다.

큰글자 세계문학컬렉션

28

폭풍의 언덕 1

에밀리 브론테 지음 ㅣ 진형준 편역

살림

에밀리 브론테

에밀리 브론테의 남매이자 화가인 브랜웰 브론테(Branwell Brontë)가 그린 1833년경 작품.

「탑 위든스 Top Withens」

황야를 가득 채운 붉은 히스꽃을 따라 걷다 보면 '탑 위든스(Top Withens)'라는 돌집에 도착한다. 탑 위든스는 『폭풍의 언덕(Wuthering Heights)』에 나오는 집인 '폭풍의 언덕'의 모델이다. 현재는 폐허가 되어 안내문에 '에밀리가 묘사했던 집과 전혀 닮은 데가 없는 건물'이라 적혀 있지만, 에밀리는 이 돌집 주변의 언덕을 산책하며 작품의 영감을 얻었다고 한다. 에밀리는 삼십 평생 단 한 권의 소설만 남겼는데 그 소설이 『폭풍의 언덕』이며 자신의 본명을 감추고 '엘리스 벨(Ellis Bell)'이라는 필명으로 이 소설을 세상에 내놓았다. 출간 당시에는 주목을 받지 못했지만, 세월이 흘러 그 가치를 인정받았고, 영국 문학 최고 걸작 10선에 올랐다.

『곤달 시집(*Gondal Poems*)』의 본문

브론테 남매는 문학에 조예가 깊은 아버지의 영향을 받아 10대 초반부터 상상의 이야기를 산문과 시로 엮었다. 에밀리는 남매 중 유난히 수줍음이 많고 은둔적인 성격으로 친구가 매우 적었으며, 막냇동생인 앤 브론테(Anne Brontë)가 그녀의 가장 친한 친구였다. '곤달'은 에밀리와 앤이 함께 만든 상상 세계의 이야기로 곤달이라는 가상의 섬을 무대로 로맨스, 전쟁, 복수 등의 이야기가 펼쳐진다. 이 이야기는 오늘날 『폭풍의 언덕』의 원형으로 여겨진다. 현재 산문으로 적힌 곤달 이야기는 소실되었지만, 에밀리와 앤이 쓴 시와 서로 주고받은 일기장은 남아 있다.

NATIONAL
BOARD *of* REVIEW
MAGAZINE

Vol. XIV, No. 4   April, 1939

Laurence Olivier and Merle Oberon in "Wuthering Heights" (see page 16)

Published monthly except July, August and September
by the National Board of Review of Motion Pictures

70 Fifth Ave., New York, N.Y.

20 cents a copy $ 2.00 a year

영화 〈폭풍의 언덕〉

『폭풍의 언덕』이 처음 출간되었을 때, 많은 비평가들은 이 작품이 비윤리적이라고 평가했다. 이 작품을 이해하기에 이들이 살았던 빅토리아시대는 보수적이었다. 그런데 20세기에 들어서면서 재평가되었다. 『폭풍의 언덕』은 1920년대에 영화로 만들어지기 시작해 현재까지 총 10여 편이 제작되었다. 그중 가장 원작에 충실한 작품으로 평가받은 영화는 1939년 윌리엄 와일러 감독이 연출한 작품이다. 이 영화는 원작의 후반부를 빼고 캐서린과 히스클리프의 영혼이 만나 추억의 장소인 페니스턴 절벽으로 걸어가는 장면을 마지막으로 만들어 둘의 사랑을 강조했다. 캐서린 역은 메를 오베론이, 히스클리프 역은 로런스 올리비에가 맡아 연기했다.

폭풍의 언덕 1 **차례**

제 1 장 • 12

제 2 장 • 19

제 3 장 • 31

제 4 장 • 44

제 5 장 • 54

제 6 장 • 58

제 7 장 • 66

제 8 장 • 76

제 9 장 • 87

제10장 • 102

제11장 • 125

제12장 • 137

제13장 • 144

제14장 • 155

폭풍의 언덕 2 차례

제15장

제16장

제17장

제18장

제19장

제20장

제21장

제22장

제23장

제24장

제25장

『폭풍의 언덕』을 찾아서

제
1
권

제1장

1801년. 나는 방금 내가 세를 든 집주인을 만나고 돌아왔다. 그는 이곳에서 내가 신경 써야 하는 유일한 이웃이다. 이곳은 정말 기가 막힌 곳이다. 번잡한 세상사와 이보다 더 완벽하게 격리된 곳이 영국 땅 어디에 있을 것인가! 나 같은 염세주의자들에게는 천국 그 자체였다. 이 집의 주인 히스클리프 씨와 나는 이 천국을 나누어 갖기에 딱 알맞은 사람들이다.

나는 히스클리프 씨를 보자마자 호감을 느끼고 '오, 정말 대단한 사람이야!'라고 속으로 중얼거렸다.

그를 보고 내가 예의를 갖추어 말했다.

"히스클리프 씨 되십니까? 새로 세를 든 록우드입니다. 스러시크로스 그레인지를 제게 세 주십사 너무 고집스레 청을 드려, 귀찮게 해드린 건 아닌지 염려가 됩니다. 듣자 하니 여러 가지 생각이 많으셨다고……."

그가 도중에 내 말을 끊고 말했다.

"스러시크로스 그레인지는 내 소유입니다. 맘만 먹었다면 그 누구도 나를 귀찮게 하도록 내버려두지 않았을 겁니다. 암튼 들어오십시오."

나도 그다지 상냥한 사람은 아니지만 그는 도를 지나칠 정도로 무뚝뚝했고 그 점이 더욱 나의 흥미를 끌었다. 그는 입으로는 들어오라고 말하면서도 문은 열어주지 않았다. 내가 타고 있는 말이 문틈으로 머리를 내밀자 그는 그제야 빗장을 열었다. 내가 말을 타고 마당으로 들어서자 그가 큰 소리로 외쳤다.

"조셉, 록우드 씨의 말을 데려가고, 포도주 좀 가져와!"

조셉은 나이가 들었지만 아직 건장하고 힘이 센 노인이었다. 그는 내 말을 치우면서 내내 툴툴거렸다.

'폭풍의 언덕: 워더링 하이츠'는 히스클리프 씨가 사는 집의 이름이다. 그의 집이 언제나 시원하면서 강한 바람이 불어오는 장소에 있기에 그렇게 불리고 있었다. 이곳의 바람이 얼마나 심한지는 뜰 한구석에 심어놓은 몇 그루 안 되는 전나무들이 한옆으로 심하게 쏠려 있는 것만 보아도 알 수 있다.

현관 문지방을 넘으면서 나는 잠시 걸음을 멈추었다. 건물 정면에 새겨져 있는 야릇한 조각상들이 눈길이 끌었기 때문이다. 그 조각상들 위편에서 1500년이라는 연도와 헤어턴 언쇼라는 이름을 발견할 수 있었다.

현관을 지나자 복도나 응접실을 거치지 않고 곧바로 거실로 들어설 수 있었다. 이 고장에서 특히 이런 구조의 거실을 '큰 방'이라고 부르는데, 일반적으로는 주방과 응접실을 겸하고 있는 방을 말한다. 하지만 이곳 '폭풍의 언덕'에는 큰 방 옆에 주방이 별도로 있었다. 벽난로 위에는 낡은 장총과 기병용 권총이 두어 자루 걸려 있었다. 벽난로 선반 위에는 아무 장식도 없었으며, 차를 담은 요란한 색깔의 상자들이 몇 개 놓여 있을 뿐이었다. 방 안에는 반원형으로 된 찬장이 있었으며 그 아래 포인터종인 듯 보이는 검붉은 색의 큰 암캐 한 마리가 강아지들에 둘러싸여 누워 있었고, 방 구석구석에 또 다른 개들이 웅크리고 있었다.

이 집 안의 분위기와 히스클리프 씨는 묘한 대조를 이루고 있었다. 그의 약간 검은 피부와 생김새는 분명 집시 분위기를 풍겼지만 그의 옷차림이나 행동은 신사다웠다.

나는 벽난로 가까이 앉은 주인과 다른 쪽에 자리를 잡고 앉았다. 그사이 새끼들에게 둘러싸여 있던 어미 개가 새끼들을 떠나 내가 있는 쪽으로 왔다. 개는 입을 벌린 채 침을 흘리고 있었다. 나는 방 전체에 흐르는 침묵이 어색해서 개를 쓰다듬어주었다. 그러자 개가 심하게 으르렁거렸다. 히스클리프 씨는 개를 발로 걷어차더니 내게 말했다. 마치 개처럼 으르렁거리는 목소리였다.

"개를 조용히 내버려두시는 게 좋을 거요. 귀여움을 받는 데 익숙하지 않은 개요. 그 개는 애완용이 아니오."

그러더니 그는 옆쪽에 있는 문으로 가서 "조셉!"이라고 큰소리로 외쳤다. 그러자 조셉이 지하실에서 뭐라고 중얼거렸다. 하지만 곧 올라오겠다는 말이 없자, 히스클리프 씨가 직접 지하실로 내려갔다. 나는 그 사나운 암캐와 험상궂은 털북숭이 양치기 개 두 마리와 마주하고 있는 신세가 되었다. 개들은 하나같이 내 몸짓을 유심히 지켜보았다.

그런데 그만 내가 사고를 치고 말았다. 말없이 놀리는 정도야 어쩌랴 싶어 개를 향해 눈을 찡긋하고 얼굴을 찌푸렸다. 그러자 그 문제의 암캐가 풀쩍 내 무릎 위로 뛰어올랐다. 나는 깜짝 놀라 개를 밀어내며 급히 탁자 뒤편으로 물러났다. 그런데 그것이 마치 벌집을 쑤신 꼴이 되었다. 여기저기 웅크리고 있던 크고 작은 개 5~6마리가 일제히 컹컹 짖으며 내 주변을 둘러쌌다. 개들은 내 발뒤꿈치와 옷자락을 물고 늘어졌다. 나는 부지깽이를 집어 들고 이들을 물리치며 큰 소리로 도움을 외쳤다.

내 외침을 들은 히스클리프 씨와 조셉이 지하실 계단을 올라왔다. 나는 그들이 황급히 계단을 올라왔다고 말하고 싶은 생각이 간절하다. 하지만 그들이 평소보다 단 1초라도 빨리 움직였다고는 도저히 말할 수 없다. 물어뜯고 짖어대고 그야말로 폭풍 같은 소동이 벌어지고 있는데도 그들은 정말로 침착하기 이를 데 없었다!

다행히 주방에서 지원군이 먼저 도착했다. 얼굴이 벌겋게 달아오른 건장한 여자가 앞치마를 들어 올리고 소매를 걷어붙인 채 프라이팬을 휘두르며 나와 개들 사이로 뛰어든 것이다. 그러자 마치 마술이라도 부린 듯 소동이 딱 멈추었다. 집주인이 느긋한 모습으로 사건 현장에 나타났을 때 그녀의 육중한 몸통만이 마치 폭풍이 지나간 바다처럼 출렁이고 있었다. 그녀는 이 집 하녀인 질라였다.

히스클리프 씨가 나를 쏘아보며 물었다.

"도대체 웬 소동이오?"

나는 이런 식의 푸대접을 도저히 참아내기 어려워서 되쏘아 붙였다.

"웬 소동이라뇨? 손님을 이런 호랑이 같은 놈들과 함께 놓아두다니!"

그는 탁자를 제대로 놓은 다음 내 앞에 포도주 잔을 놓으며 말했다.

"먼저 건드리지만 않으면 얌전한 놈들이오. 포도주 한잔하시겠소?"

"싫소이다."

"어디 물리지는 않았소?"

"만일 물렸다면 내가 저놈들을 가만 놔뒀겠소?"

그러자 그가 잔에 포도주를 따르더니 씩 웃으며 말했다.

"나도 그렇고 저 개들도 그렇고 이곳을 찾아오는 손님이 없어서 제대로 손님을 맞는 법을 모릅니다. 자, 당신의 건강을 위하여 건배!"

나는 마지못해 건배했다. 개들이 저지른 짓을 두고 계속 화를 내는 것도 쑥스러운 일이라 생각되었고 내가 화를 낼수록 그가 즐거워하리라는 생각에 마음을 가라앉히려 애를 썼다. 그는 내 화를 누그러뜨리려는 듯 내가 관심을 가질 만한 화제를

꺼냈다. 나처럼 바람직한 세입자를 불쾌하게 만들어서 좋을 게 없다고 생각했는지 말투도 전보다는 훨씬 부드러웠다. 그는 내가 사는 집의 장단점에 대해 이야기했다.

마음이 풀린 나는 그에게 내일 다시 찾아오겠다고 용기를 내어 말했다. 이방인이 자기 집을 또다시 침입하는 것에 대해 그가 꺼리는 기색이 역력했지만 나는 개의치 않았다. 나는 내일 다시 그를 찾아갈 것이다. 나는 절대로 사교적인 사람이 아니지만 그와 비교한다면 훨씬 사교적이라고 장담할 수 있다.

제2장

어제는 오후부터 안개가 끼고 날도 추웠다. 날씨 때문에 '폭풍의 언덕'을 찾아가지 않고 집에서 책이나 볼 생각이었지만 하녀가 난롯불을 꺼뜨리는 바람에 나는 모자를 집어 들고 집을 나섰다. 나는 잡목이 우거진 진창을 헤치며 4마일을 걸어 '폭풍의 언덕'에 도착했다. 내가 그곳 문 앞에 도착했을 때 눈송이가 흩날리고 바람이 휘몰아치기 시작했다. 언덕 위 검은 흙들은 서리에 덮인 채 얼어붙어 있었고 나는 휘몰아치는 바람에 사지가 떨려왔다.

대문에는 사슬이 걸려 있었다. 내 힘으로 도무지 대문을 열 방법이 없어 나는 대문을 뛰어넘어 현관문을 맹렬히 두드렸다. 하지만 안에서 아무런 대답이 들리지 않았고 개들만 사납게 짖

어댔다.

"이런 망할 사람들!"이라고 툴툴대고 있는데 조셉이 얼굴을 잔뜩 찌푸린 채 헛간 창문으로 머리를 내밀고 고함을 질렀다.

"뭔 일이요? 주인 양반은 양 축사에 계시오. 볼일이 있으면 그리로 가보시든가. 집 안에는 여주인밖에 없소이다. 문을 안 열어줄 거요."

나는 좀 기가 막혔다. 눈은 점차 세차게 퍼붓기 시작했다. 나는 다시 한 번 문을 두드리려고 문고리를 잡았다. 그때 청년 한 명이 셔츠 바람에 쇠스랑을 어깨에 멘 채 마당에 나타났다. 그가 내게 따라오라고 손짓했다. 그를 따라 빨래터와 비둘기장을 지나자 전에 왔던 널찍한 안채로 들어갈 수 있었다. 방 안은 벽난로에 불이 지펴져 있어 아늑하고 따뜻했다. 그리고 음식이 푸짐하게 차려진 저녁상 앞에 한 여인이 앉아 있었다. 조셉이 말한 여주인임이 틀림없었다.

그녀를 보자 반가워 인사를 건넸으나 그녀는 내게 차갑고 무심한 눈길을 던졌을 뿐이었다. 이윽고 그녀가 입을 열었다.

"이런 날씨엔 그냥 댁에 계셨어야지요."

그 말과 함께 자리에서 일어난 그녀는 벽난로 위에 놓인 차 상자를 내렸다. 그녀가 자리에서 일어나자 비로소 그녀를 자세히 볼 수 있었다. 감탄이 절로 나올 만한 몸매였으며 그런 얼굴은 생전 처음 본다고 할 정도로 아름다운 얼굴이었다. 흰 살결에 이목구비가 또렷했으며 아름다운 금발이 목덜미까지 늘어뜨려져 있었다. 찻숟가락을 챙기며 그녀가 내게 물었다.

"차 드시러 오라는 초대를 받으신 건가요?"

"주시면 기꺼이 마시겠습니다."

"초대를 받으셨냐고요?"라고 그녀가 재차 물었다.

나는 어정쩡한 미소를 띠고 대답했다.

"그건 아닙니다. 하지만 당신이 지금 바로 초대를 해주신다면……."

그러자 그녀는 차 상자를 제자리에 놓고 찻숟가락까지 치워버린 다음 냉랭한 표정으로 다시 의자에 앉았다. 아름다운 눈과는 전혀 어울리지 않는 표정이었다.

낡아빠진 옷을 걸친 청년은 나를 안내해준 뒤 나가지 않고 벽난로 앞에 서서 나를 바라보고 있었다. 마치 철천지원수를 바라보는 눈길이었다. 나는 속으로 생각했다.

'이 집과는 어울리지 않는 사람이로군. 좀 거칠어. 하인 같기도 하고 아닌 것 같기도 하고…….'

그의 숱이 많은 갈색 머리는 아무렇게나 헝클어져 있었고 손은 잡역부의 손처럼 거칠었다. 하지만 몸가짐은 어디에 매인 데 없이 거만하게 보여서 도무지 주인을 섬기는 하인처럼 보이지 않았다.

어쨌든 모든 것이 어색했다. 다행히 5분도 지나지 않아 히스클리프 씨가 들어온 덕분에 불편한 상황에서 벗어날 수 있었다. 그를 보자 나는 반가운 마음에 말했다.

"자, 말씀드린 대로 이렇게 찾아왔습니다. 그런데 날씨가 이러니 부득이 반 시간 정도는 폐를 끼친 후 돌아가야겠습니다."

"반 시간이요?"

그는 옷에 쌓인 눈송이를 털어내며 비웃듯 반문했다.

"아니, 어찌 하필이면 이런 날을 골라서 돌아다니는 겁니까? 자칫하면 늪에 빠질 수도 있다는 생각은 안 하셨소? 게다가 이게 어디 반 시간 내로 그칠 눈이오?"

"이 댁에서 혹시 나를 좀 바래다줄 젊은이라도 없을까요?"

"그런 사람 없소."

"그래요? 그렇다면 제힘으로 길을 찾아가는 수밖에요."

그때 나를 사나운 눈길로 바라보던 젊은이가 여주인에게 말했다.

"차를 끓일 거요?"

그러자 그녀가 나를 눈짓으로 가리키며 히스클리프 씨에게
물었다.

　　"저분 것도 끓여야 해요?"

　　"잔말 말고 준비나 해!"

　　그녀를 향한 히스클리프 씨의 대답이 어찌나 거칠고 난폭하
던지 나는 나도 모르게 몸을 떨었다. 그가 얼마나 못된 성격을
타고난 사람인지를 저절로 알게 해주는 말투였다. 나는 히스클
리프 씨를 대단한 사람이라고 부르고픈 마음이 싹 가셔버렸다.

　　이윽고 차가 준비되었다. 히스클리프 씨는 내게 식탁 가까
이 의자를 당겨 앉으라고 말했다. 분위기는 어색하기 그지없었
다. 나는 이 어색한 분위기가 오로지 나 때문이라고 생각했다.
평소에도 이렇게 말 한마디 없이 서로 원수지간인 것처럼 지내
지는 않을 것 아닌가? 나는 내가 만든 어색한 분위기를 바꾸는
게 내 의무라 생각하고 히스클리프 씨에게 말을 건넸다.

　　"우리의 습관이 우리의 취미나 생각을 결정짓는다는 건 참
이상한 일이지요? 사람들은 당신처럼 이렇게 남들과 담을 쌓
고 지내면 행복할 수 없다고 습관적으로 생각하겠지요? 하지
만 이렇게 가족끼리 오순도순 지내고 더욱이 당신의 다정한 부
인이 가정을 지켜주고 마음을 쓰시고 있으니……"

그러자 그가 마치 악마와도 같은 냉소를 얼굴에 띤 채 내 말을 가로막았다.

"나의 다정한 부인이라고! 그런 사람이 어디 있단 말이오?"

아차, 하는 생각이 들었다. 이들이 부부이기에는 나이 차가 너무 난다는 것을 진작 깨달았어야 했다. 히스클리프 씨는 마흔이 넘은 사내였고 여자는 기껏해야 열일곱 정도 되어 보이는데 부부로 착각하다니!

히스클리프 씨가 내 생각을 읽은 듯이 말했다.

"저 여자는 내 며느리요."

그는 그 말을 하면서 일종의 증오감이라 할 만한 이상한 시선으로 여자를 바라보았다. 그의 말을 듣고 나는 '아하, 저 촌놈 같은 젊은이가 그녀의 남편이로군. 그렇다면 저 청년이 그의 아들이군'이라고 생각했다. 나는 청년을 돌아보며 말했다.

"아하, 이제 알겠습니다. 당신이 이 아름다운 선녀를 차지하는 행운을 거머쥔 사람이군요."

그러자 상황은 더욱 악화되었다. 얼굴이 시뻘게진 청년은 마치 나를 한 대 칠 기세인 양 주먹을 움켜쥐었다.

히스클리프 씨가 내게 말했다.

"미안하지만 선생의 억측이 대단하시군요. 우리 둘 다, 당신이 선녀라고 말한 여자를 차지할 행운을 갖지 못했소. 그녀 남편은 죽었소. 내 며느리라고 말했으니, 그 죽은 남편이 내 자식이오."

"그렇다면 이 청년은?"

"내 아들이 아니오."

그러자 당사자가 으르렁거리듯이 말했다.

"내 이름은 헤어턴 언쇼요. 존중해야 할 가문인 줄 아시오!"

그는 오랫동안 나를 노려보았다.

나는 내가 이 가족 분위기에는 전혀 어울리지 않는 사람이라는 것을 점점 더 분명하게 느끼기 시작했다. 그리고 이 집 안에 세 번째로 발을 들여놓는 일에 대해 신중하게 고려하기로 마음먹었다.

식사 도중에도, 식사가 끝났을 때도 아무도 입을 여는 사람이 없었다. 나는 날씨가 어떤지 살펴보려고 창가로 갔다. 창밖을 내다보니 정말 난감했다. 여느 때보다 일찍 어두워져 사방이 컴컴한데다 온 천지에 바람이 불고 눈보라가 휘날리고 있었다. 나는 나도 모르게 소리를 지를 수밖에 없었다.

"이걸 어쩌지! 길을 안내해주는 사람 없이는 돌아갈 수 없겠네. 눈이 쌓여 길은 없어졌을 테고 설사 길이 있어도 보이지 않을 테니!"

하지만 아무도 내 말에 대답하지 않았다. 주위를 둘러보니 조셉이 개 밥통을 들고 들어오는 것이 보였고 벽난로 옆에 부인이 서 있었다. 히스클리프 씨와 헤어턴은 어디론가 사라지고 없었다. 방으로 들어온 조셉은 휘휘 한번 둘러보더니 쉰 목소리로 말했다.

"원, 다들 바삐 일하는 마당에 이렇게 안에서 빈둥거리고 있다니! 하긴 저런 버러지 같은 것한테 말해본들 그런 버르장머리 고치겠나? 그저 제 어미 따라 퍼뜩 뒈져버리는 게 낫지."

나를 향해 욕지거리를 퍼붓는 게 분명했다. 나는 화가 치솟아 그에게 주먹이라도 한 방 날리겠다는 심산으로 그에게 다가갔다. 그런 나를 부인의 목소리가 제지했다.

"아니, 이 고약한 늙은이가, 누구보고 뒈지라는 거야! 그러다가 자기가 먼저 뒈질 걸 모르고! 나를 건드리지 않는 게 좋을 걸. 귀신이 영감을 잡아가라고 내가 기도할 거야!"

그러더니 그녀는 검은 책을 한 권 집어 들었다.

"내가 얼마나 마법에 통달해 있는지 모르지? 조셉, 당신 신경통이 어떻게 해서 생긴 건지 모르겠어?"

그러자 조셉은 공포에 질린 눈을 하더니 "주님!"을 연발하며 밖으로 나가버렸다. 이제 방 안에는 부인과 나 단둘이 남게 되었다. 나는 그녀에게 말했다.

"히스클리프 부인, 성가시게 해서 정말 죄송합니다만, 제집까지 가는데 뭔가 도움이 될 만한 게 있으면 제발 가르쳐주십시오."

그녀가 의자에 앉더니 등을 기대면서 대답했다.

"오셨던 길로 가면 되잖아요. 저도 아무것도 아는 게 없어요."

"그러지 마시고 히스클리프 씨께 길잡이라도 한 명 대주라고 말씀해주시면 안 되겠습니까?"

"여긴 언쇼, 질라, 조셉과 저뿐인데 도대체 누가 길잡이를 해줄 수 있다는 거지요?"

"그럼 부인께서는 눈구덩이에서 시체가 된 저를 발견하더라도 놀라거나 양심의 가책을 안 느끼실 거란 말인가요? 누구 다른 사람 없습니까?"

"없어요. 우리뿐이에요."

"그렇다면 여기서 하루 묵어갈 수밖에 없겠군요."

"그거야 내가 모르는 일이지요. 이 집 주인과 한번 의논해보시든지."

그때였다. 내가 하는 말을 들었는지 히스클리프 씨의 호통이 주방으로 통하는 문에서 들려왔다.

"이 집에 손님이 묵을 방은 없소이다. 헤어턴이나 조셉의 침대에서 함께 자는 수밖에 없소."

"이 방의 의자에서라도 하루 지내면 안 되겠습니까?"

그러자 히스클리프 씨가 말했다.

"그럴 수는 없지! 부자건 가난뱅이건 남은 엄연히 남이지. 내가 잠든 사이에 아무나 내 집 안을 맘 놓고 돌아다니게 둘 수는 없지."

정말로 무례하기 짝이 없는 말이었다. 이런 모욕을 받고는 더 이상 참을 수가 없었다. 나는 화가 난 표정으로 히스클리프 씨를 밀치고 밖으로 뛰쳐나갔다. 나는 서두르다가 헤어턴 언쇼와 부딪쳤다. 그러자 그가 히스클리프 씨에게 말했다.

"제가 저 양반을 농원 입구까지 모셔다드리지요."

그의 말을 듣고 히스클리프 씨가 대답했다.

"아무렴, 아예 지옥까지 데려다주지그래. 다 좋은데 그러고 나면 말은 누가 돌볼 거야?"

나는 기가 탁 막혔다. 정말로 화가 치솟아 마당으로 나갔다. 그런데 가까운 곳에서 조셉이 호롱불을 바닥에 내려놓고 소젖을 짜고 있었다. 나는 내일 돌려주겠다고 외치며 호롱불을 집어 들고는 가까운 뒷문을 향해 잰걸음을 옮겼다. 그러자 노인네가 나를 쫓아오며 소리쳤다.

"얼씨구! 주인 양반! 저놈이 호롱불을 훔쳐 가네요!"

그러더니 그는 개들을 불렀다.

"멍멍아! 내셔야! 울프야! 저놈 잡아라!"

그러자 두 마리의 양치기 개가 달려오더니 내 목덜미로 덤벼들었다. 나는 그 자리에서 쓰러졌고 그 바람에 호롱불도 꺼져 버렸다. 등 뒤로 히스클리프 씨와 헤어턴의 웃음소리가 들려왔다. 내 분노와 모욕감은 극에 달했다. 하지만 어쩔 수가 없었다. 개들이 나를 주도면밀하게 감시하고 있기 때문이었다. 한 가지 다행인 것은 개들이 내 몸을 찢어놓는 대신, 나를 노려보며 하품을 하고 있다는 사실이었다. 어쨌든 저 심술궂은 주인들이 와서 구출해주기 전에는, 그냥 이 차가운 땅바닥에 쓰러진 채로 있을 수밖에 없었다.

만일 그때 그들보다 훨씬 착한 품성을 지닌 사람이 가까운 곳에 없었다면 과연 나는 어떻게 되었을까? 그 사람은 바로 질라였다. 그녀는 이 소동에 도대체 무슨 일인가 하고 밖으로 나왔다가 내 꼬락서니를 보게 되었다. 그녀는 주인 히스클리프 씨에게는 감히 뭐라고 하지 못하고 젊은 친구에게만 소리를 질렸다.

"이보세요, 언쇼 도련님! 도대체 어쩌자고? 우리 집 안에서 살인을 치르려는 거예요? 내가 얼른 이놈의 집구석에서 나가든가 해야지. 저런 가엾어라! 젊은 양반이 숨이 다 넘어가겠네. 자, 진정해요."

그녀는 내 목덜미에 얼음물을 한 바가지 끼얹었더니 나를 주방으로 데리고 갔다. 히스클리프 씨도 뒤따랐다. 조금 전의 유쾌하던 표정은 어디로 가버렸는지 그는 다시 평소의 침울한 표정을 하고 있었다.

나는 어질어질 현기증이 났고 기운도 없었다. 이제 이 집에서 하룻밤 신세를 지는 수밖에 없었다. 히스클리프 씨는 내게 브랜디를 한 잔 갖다주라고 질라에게 말한 후 안으로 들어가버렸다. 그녀는 지시대로 내게 브랜디를 한 잔 먹인 다음 내가 어느 정도 정신을 차리자 나를 잠자리로 안내했다.

제3장

 질라는 나를 2층으로 데려가면서 손
가락을 입에 대고 '쉿' 소리를 냈다. 그녀는 나를 데려다주려는
방에 대해 주인이 뭔가 이상한 생각을 품고 있어서 아무도 그
방에서 재우려 하지 않는다고 속삭였다. 내가 그녀에게 그 이
유를 묻자 자기는 모른다고 대답했다. 이 집에 산 지 한두 해밖
에 안 되었는데 그사이에 하도 이상한 일이 많이 일어나서 그
것까지 궁금해할 겨를이 없었다는 것이다.

그녀가 안내해준 방에 들어서자 나는 방문을 잠그고 침대를
찾았다. 가구라고는 하나씩 있는 의자와 옷장뿐이었고 방 한
가운데 떡갈나무로 만든 아주 커다란 장이 놓여 있었다. 나는
그 커다란 장 – 장이라기보다는 차라리 건조물이라고 할 만한

것 – 을 향해 다가갔다. 장 위쪽에는 마치 창문처럼 네모난 문이 있었다. 나는 그 안을 들여다보았다. 그러자 그 장이 아주 특이한 모양의 구식 간이침대라는 걸 알 수 있었다. 장 안은 아주 작은 방을 이루었고 창틀 주변에 선반 같은 것이 책상 구실을 하고 있었다.

나는 널빤지를 민 후 촛불을 들고 안으로 들어가 다시 문을 닫았다. 그러자 비로소 히스클리프 씨를 비롯해 모든 사람의 감시에서 벗어나게 된 기분에 안도감이 들었다. 나는 창틀 옆 선반에 촛불을 내려놓았다. 촛불 옆에 곰팡이가 핀 책들이 몇 권 쌓여 있는 게 보였고 선반은 수없이 낙서로 덮여 있었다. 그런데 자세히 보니 그 낙서는 모두 똑같은 사람의 이름이었다. 크고 작은 다른 글씨체로 된 그 이름은 캐서린 언쇼에서 캐서린 히스클리프로, 이어서 캐서린 린턴으로 성만 바뀌었다.

나는 멍한 기분으로 창문에 머리를 기대고 캐서린 언쇼, 캐서린 히스클리프, 캐서린 린턴이라는 이름을 계속 중얼거렸다. 나는 눈을 감았다. 그런데 이상하게도 그 글자들이 마치 유령처럼 생생하게 되살아나는 것 같았고 온 방 안이 캐서린이라는 글자로 우글거리는 것만 같았다. 나는 그 이름을 쫓아내기 위해 몸을 일으키고 고개를 흔들었다.

다시 정신을 차리고 주변을 살펴보니 기울어진 촛대 옆에 낡은 책들이 눈에 띄었다. 나는 그중 한 권을 집어 들었다. 『신약성서』였다. 심한 곰팡이 냄새가 나는 그 책을 펼쳐보았다. 안에는 '캐서린 언쇼의 책'이라는 서명과 날짜가 적혀 있었다. 대략 25년 전의 날짜였다. 나는 책을 덮고 다른 책들을 하나하나 펼쳐보았다. 캐서린의 장서는 엄선된 것이었으며 책들의 상태로 보아 그냥 장식용은 아니었음이 틀림없었다. 게다가 책 여백마다 읽은 이가 적어놓은 논평들로 채워져 있었다. 단편적인 언급이 있는가 하면 거의 일기라고 할 만큼 길게 써놓은 것도 있었다.

나는 캐서린이라는 그 알 수 없는 인물에 대해 갑자기 호기심이 일었다. 나는 그녀가 남긴 글, 일종의 상형문자와도 같은 그 글을 해독하기 시작했다.

끔찍한 일요일! 아버지가 다시 살아 돌아오실 수 있다면! 아빠 행세를 하는 힌들리 오빠가 미워죽겠다. 히스클리프에게 얼마나 지독하게 구는 건지! H와 나는 반항할 거다. 오늘 저녁 반항의 첫걸음을 뗐다.

이후 어떻게 반항할 것인지 그녀의 계획들이 적혀 있었다. 그다음에는 다른 내용이 적혀 있었던 것으로 보아 아마 그녀는 그 계획을 실천한 모양이었다.

아, 힌들리 오빠가 나를 그렇게 심하게 울리다니! 나는 가만히 눕지도 못할 정도로 머리가 아프다. 그렇지만 물러설 생각은 추호도 없다. 불쌍한 히스클리프! 힌들리 오빠는 그를 떠돌이 취급하고 우리 옆에 앉지도 못하게 하고 함께 밥도 못 먹게 한다. 힌들리 오빠는 아버지가 H에게 너무 잘해주셨다고 아버지를 비난한다(감히!). 그뿐이 아니다. 오빠는 히스클리프가 자기 분수를 알게 하겠다고 맹세하듯 말한다. 오오, 가엾은 히스클리프! 정말 못된 오빠!

나는 책을 펼쳐놓은 채 꾸벅꾸벅 졸기 시작했다. 내 눈이 여백에 쓴 글에서 인쇄된 글로 옮겨왔다. 그러자 붉은 글씨로 된 제목이 눈에 들어왔다. 『일흔 번씩 일곱 번. 그리고 일흔한 번째의 첫 번째』라는 제목과 함께 「기머던 서프 교회에서 행한 야베스 브랜더햄 목사의 설교」라는 부제가 붙어 있는 설교집이었다.

'일흔 번씩 일곱 번이라……「마태복음」에서 예수님이 베드로에게 하신 말씀이로군. 형제가 죄를 범하면 일곱 번 정도가 아니라 그것의 일흔 배라도 용서하라고 하신 말씀인데…… 브랜더햄 목사가 그 제목으로 무슨 설교를 했는지 궁금하군.'

나는 정신이 가물가물한 가운데 이런 생각을 하면서 침대에 누워 잠에 빠져들었고 꿈을 꾸기 시작했다. 완전히 황당한 꿈이었다기보다는 내가 지금 어떤 처지에 놓였는지를 의식한 상태에서 꾼 꿈이라고 보는 게 옳을 것이다.

아침인 것처럼 느껴졌다. 조셉이 안내자가 되어 나는 길을 떠났다. 하지만 우리는 나의 집을 향해 가는 것이 아니었다. 우리는 야베스 브랜더햄 목사의 '일흔 번씩 일곱 번'이라는 설교를 들으려고 기머턴 교회로 찾아가는 길이었다.

우리는 교회에 도착했다. 내가 현실 속에서 실제로 몇 번 지나친 적이 있던 교회였다. 교회 안은 신도들로 가득 차 있었다. 세상에 아무리 꿈이라지만 어떻게 그런 설교가! 설교는 490부로 나뉘어 있었다. 각각이 보통의 설교 길이였는데 그게 490개나 되었던 것이었으니! 그런 죄를 다 어디서 찾아냈는지 모르겠지만 목사는 성경 구절을 열심히 해석하며 그 죄를 모두 나열했다. 정말 희한한 죄들이었으며 이전에는 죄라고 생각해보지도 않은 것들이었다. 마침내 일흔한 번째의 첫 번째 죄에 대한 설교가 시작되었다.

순간 목사가 나를 가리키며 소리쳤다.

"네가 바로 그 죄인이다! 형제들아, 이제까지의 죄는 모두 용서했다. 이제 우리 앞에 일흔한 번째의 첫 번째 죄가 나타났다. 저자에게 기록된 대로 심판을 행하라! 그 영광이 모든 주의 성도들에게 있게 되리라!"

그 말이 끝나기 무섭게 교회 안에 있던 모든 사람이 순례자 지팡이를 들고 내게 달려들었다. 나를 공격하는 무리 중 조셉이 맨 앞에 있었다. 내 머리를 겨냥했던 몽둥이가 엉뚱한 사람을 때리자 그들 사이에도 난투극이 벌어졌고 교회 안은 삽시간에 아수라장이 되었다. 브랜더햄 목사는 신나게 단상을 내리치며 싸움을 독려하고 있었다. 그 소리가 얼마나 우렁찼던지 나는 꿈에서 깨어났다.

악몽이었지만 어쨌든 꿈이었으니 다행이었다. 꿈속에서 단상을 내리치는 요란한 소리로 들렸던 것은 울부짖듯 윙윙대며

불어오는 바람 때문에 전나무 가지들과 솔방울들이 창문에 부딪히며 내는 소리였다.

잠시 잠에서 깨어난 나는 돌아서서 다시 설핏 잠이 들었다. 그리고 다시 꿈을 꾸었다. 조금 전의 꿈보다 더 기분 나쁜 꿈이었다.

이번 꿈에서 나는 내가 떡갈나무로 만든 침대에 누워 있는 것을 분명히 의식하고 있었다. 바람이 심하게 불고 눈보라가 몰아치는 소리가 들렸으며 전나무 가지가 창문을 두드리는 소리도 분명히 들렸다. 나는 창문을 때리는 소리가 너무 짜증이 나서 자리에서 일어나 창문을 열려고 했다. 하지만 걸쇠가 조금도 움직이지 않아 유리창을 깨뜨린 후 팔을 밖으로 내밀었다. 창문을 때리는 가지를 잘라버리기 위해서였다. 그런데 내 손에 잡힌 것은 나뭇가지가 아니었다. 마치 얼음처럼 차가운 작은 손이 잡히는 것이 아닌가! 악몽 속에서 공포가 나를 사로잡았다. 나는 팔을 잡아 빼려 했다. 하지만 그 작은 손이 내 팔에 매달려 떨어지지 않으려 애썼고 애절하게 흐느꼈다.

"들어가게 해주세요. 제발 들어가게 해주세요."

나는 잡힌 팔을 빼내기 위해 안간힘을 쓰면서 물었다.

"너는 누구니?"

그러자 떨리는 목소리가 대답했다.

"캐서린 린턴이에요. 제가 집으로 돌아왔어요. 들판에서 길을 잃고 헤맸던 거예요."

그 말과 함께 창문을 통해 여자아이의 얼굴이 희미하게 보였다. 공포심에 사로잡히면 잔인해지는 모양이다. 아이의 손을 뿌리치기 힘들다는 생각에 나는 아이의 손목을 잡아당겨 부서진 유리창에 문질렀다. 곧 아이의 손목에서 피가 흘러내렸고 침대보가 피에 흠뻑 젖었다. 그런데도 아이는 계속 "들어가게 해주세요"라고 울먹이며 악착같이 내 팔에 매달렸다. 나는 두려움에 미칠 것만 같았다.

아이의 목소리가 계속 울먹였다.

"20년이에요. 나는 20년 동안 떠돌았어요."

나는 공포에 휩싸여 비명을 질렀다. 혼란스러운 가운데 나는 내가 실제로 비명을 지르고 있음을 알아챘고 그 순간 나는 꿈에서 깨어났다.

내가 꿈에서 깨어난 순간 방문 쪽을 향해 급히 달려오는 발소리가 들렸다. 곧이어 누군가 억센 손으로 문을 열어젖혔다.

그리고 침실로 쓰이는 상자 위 창문으로 어른어른 불빛이 비쳤다. 나는 떨리는 마음을 추스르며 일어나 앉아 식은땀을 닦았다. 이어서 목소리가 들렸다.

"여기 누구 있소?"

나는 정체를 드러내는 것이 옳겠다고 생각하고 침실의 미닫이문을 열었다. 미닫이 판자와 별로 떨어지지 않은 곳에 히스클리프 씨가 놀란 모습으로 서 있었다. 얼굴이 하얗게 질린 채 몸은 부들부들 떨고 있었다.

"저올시다. 무서운 악몽을 꾸었는지 잠결에 소리를 지르게 된 모양입니다. 소란을 피워 죄송합니다."

"이런 젠장, 록우드 씨로군! 도대체 누가 당신을 이 방으로 데려온 거요?"

그 말을 하면서 그는 주먹을 그러쥐었고 이를 악물었다. 나는 황급히 침대에서 내려와 옷을 입으면서 말했다.

"댁네 하녀인 질라입니다. 이 방에서 귀신이 나오는지 아닌지 확인하려고 나를 이용하다니! 그래요, 유령이 나오는 거 맞습니다. 유령들이 득실거려요. 야베스 브랜더햄 목사는 당신 친척이겠군요. 캐서린 린턴인지 언쇼인지, 암튼 그 무서운 꼬마 유령! 20년이나 지상을 떠돌았다니! 엄청난 죄를 지었으니 그런 벌을 받는 게 틀림없어요!"

그러자 히스클리프 씨가 흥분해서 소리쳤다.

"당신이 뭔데 감히 그런 소리를! 암튼 어서 이 방에서 나가시오!"

나는 밖으로 나갔다. 하지만 복도가 어디로 통하는지 몰라서 그냥 방문 앞에 서 있었다. 그러다 본의 아니게 주인의 이상한 행동을 보게 되었다. 평소의 침착하고 분별력 있는 모습과는 거리가 먼 태도였다. 그는 침대로 올라가 걸쇠를 비틀어 풀었다. 그러고는 덧창을 열면서 격렬하게 흐느끼며 말했다.

"들어와! 들어오라니까! 오, 캐시 제발 들어와! 오, 내 사랑! 캐서린, 제발 이번에는 내 말을 들어줘!"

하지만 유령은 유령답게 평소처럼 변덕을 보여줄 뿐이었다. 자신이 존재한다는 신호를 전혀 보내지 않은 채 그저 내가 들고 있는 촛불만 꺼버린 것이다.

아직 새벽 3시 정도여서 밖으로 나갈 수도 없었고 다시 유령이 나오는 그 방으로 들어갈 수도 없었다. 나는 조심조심 계단을 내려갔다. 그러자 주방이 나타났다. 나는 잿더미 속에서 불씨를 찾아 다시 촛대에 불을 붙였다. 잿빛 고양이 한 마리가 잿더미 틈에서 기어 나와 나를 향해 이빨을 드러내며 야옹 소리를 낸 것 외에는 아무런 움직임도 없었다.

벽난로 앞에는 둥글고 긴 의자가 두 개 있었다. 나와 고양이는 의자를 각각 하나씩 차지하고 몸을 눕혔다. 고양이와 비슷한 처지에서 얼마간 꾸벅꾸벅 졸고 있을 때였다. 누군가 계단을 내려오는 소리가 들렸다. 조셉이었다. 그는 나를 보고도 알은체를 하지 않았다. 그는 고양이를 쫓아내고 의자에 앉아 파이프를 맛있게 피우더니 내게는 눈길도 주지 않고 밖으로 나갔다. 나는 다시 잠을 청했다.

얼마 지나지 않아 이번에는 헤어턴 언쇼가 들어왔다. 쌓인 눈을 치울 삽을 찾으러 들어온 것이었다. 그 역시 내게 눈길조차 주지 않았다. 어쨌든 그가 일과를 시작하려는 것을 보고 나는 이제 집에 돌아갈 때가 되었다고 생각했다. 내가 언쇼의 뒤를 따라가니 그가 내게 안쪽 문을 손가락으로 가리키며 뭐라고 웅얼거렸다. 무슨 말인지 알아들을 수는 없었지만 주방에서 나가려면 그리로 가라는 뜻인 것 같았다.

그가 가리킨 문을 열고 나가니 내가 이미 지나쳐 왔던 큰 방이 나왔다. 질라가 벽난로에 불을 붙이려고 풀무질을 하고 히스클리프 부인은 그 옆에 앉아 책을 읽고 있었다. 그리고 그곳에는 히스클리프 씨도 있었다.

히스클리프 씨는 질라에게 욕설을 한바탕 퍼붓고 그 상대를 며느리로 바꾼 참이었다. 정말 상스럽기 짝이 없는 욕이었다.

"이런 아무짝에도 쓸모없는 개 같은 년! 또 그런 쓸데없는 짓이나 하는 거야? 다들 제 밥벌이를 하는 판에! 그런 쓰레기는 치워버리고 좀 쓸모 있는 짓을 찾으란 말이다!"

그러자 젊은 부인은 책을 의자 위로 던지면서 대꾸했다.

"그래요. 치우라면 치우지요. 내가 싫다고 해도 억지로라도 그러실 테니. 하지만 아무리 혀가 닳도록 욕을 해도 내가 하고 싶지 않은 일은 안 해요."

순간 히스클리프 씨가 주먹을 쳐들었고 부인은 재빨리 자리를 피했다. 나는 그런 식의 개와 고양이 싸움을 지켜볼 생각이 없었기에 헛기침을 하며 안으로 들어섰다. 다행히 그들에게는 내 앞에서 싸움을 그칠 정도의 예의는 있었다.

나는 그 방에 잠시 머물다가 집으로 가겠다며 밖으로 나왔다. 공기는 차가웠지만 신선했다. 내가 정원 끝까지 왔을 때였다. 히스클리프 씨가 나를 불러 세우더니 들판을 지날 때까지 나와 동행하겠다고 말했다. 어쨌든 고마운 일이었다. 온통 흰색으로 물결치는 바다여서 길을 분간할 수 없었고 어디가 움푹 들어가고 나온 곳인지도 분간할 수 없었다.

길을 걷는 동안 우리는 거의 말을 나누지 않았다. 그는 스러시크로스 농원 입구까지 나를 데려다주었다. 그는 이제부터는 길을 잃을 염려가 없다고 내게 말해주었다. 나는 그와 작별한 후 스러시크로스 그레인지까지 약 2마일을 혼자 걸어갔다. 하지만 나는 숲속에서 길을 헤매기도 하고 목까지 차는 눈구덩이에 빠지기도 하면서 족히 4마일은 걸었던 것 같다. 내가 집에 들어섰을 때는 시계가 12시를 알리고 있었다.

내가 집에 들어서자 하녀장과 하인들이 호들갑을 떨며 뛰어나왔다. 모두 내가 간밤에 죽은 줄 알았다며 찾으러 나서려던 중이라고 말했다. 나는 마른 옷으로 갈아입은 후 내 서재로 들어갔다. 하도 기진맥진해서 하인이 따뜻하게 피워놓은 불과 김이 모락모락 나는 커피조차 즐길 기운이 없었다.

제4장

인간이란 얼마나 변덕스러운 존재인가! 세상과 교제를 모두 끊고 살겠다고 결심한 나였는데, 하녀장인 딘 부인이 밤참을 가져오자, 그것을 먹는 동안 제발 곁에 좀 앉아 있으라고 간청을 했으니! 내가 방금 하루를 지내고 온 집안의 내력이 궁금해서 견딜 수 없었던 것이다.

"이곳에서 지낸 지 오래되었지요? 16년이나 17년 되었다고 하지 않았나요?"

"18년이랍니다. 마님이 시집오실 때 함께 왔으니까요. 마님이 세상을 떠나신 후로는 주인님께서 살림을 맡아보라고 해서 계속 있었고요."

나는 딘 부인에게 히스클리프 씨가 왜 이곳을 세놓고 이곳보다 위치도 나쁘고 살기도 불편한 '폭풍의 언덕'을 택하게 되었는지 궁금해서 물었다.

"이 집을 꾸려나갈 만한 돈이 없어서인가요?"

"돈이요? 주인님은 엄청난 부자예요. 재산이 얼마인지 아무도 알 수 없을 정도예요. 게다가 해마다 재산이 불어난답니다. 하지만 정말 구두쇠예요. 이 집을 원하는 분이 나섰으니 몇백 파운드라도 더 벌겠다는 욕심에 여기를 세놓은 거지요. 홀몸이면서 그렇게 욕심이 많다니 정말 이상해요."

"아들이 하나 있었던 모양이지요?"

"네, 있긴 있었지만 죽었어요."

"히스클리프 부인은 그 사람 며느리고?"

"맞아요. 돌아가신 제 주인어른의 따님이기도 하고요. 처녀 때 이름이 캐서린 린턴이었어요. 어릴 때부터 제가 직접 안아서 키웠답니다."

나는 그 이름을 듣고 깜짝 놀라 물었다. 내가 하룻밤을 지낸 방에서 보았던 낙서에 쓰인 이름이었던 것이다.

"그렇다면 이 집 옛 주인의 성(姓)이 린턴이었단 말이군요."

"맞아요."

"그렇다면 그 언쇼라는 청년은 도대체 누구예요? 헤어턴 언쇼, 히스클리프 씨와 함께 살고 있는 청년 말이오. 둘이 친척 간인가?"

"아니에요. 그는 돌아가신 린턴 부인의 친정 조카예요. 린턴 부인의 친정이 언쇼가(家)였지요."

"그렇다면 헤어턴 언쇼와 히스클리프 부인은 고종사촌 간이겠네. 헤어턴 언쇼의 아버지와 부인의 어머니가 형제간이니."

"맞아요. 아가씨는 죽은 남편과도 사촌 간이었어요. 아가씨의 아버님이 죽은 남편의 어머니와 형제간이었거든요. 히스클리프 씨가 아가씨의 아버님인 에드거 린턴 씨의 여동생과 결혼한 거예요."

나는 조금 머리가 아파왔지만 흥미가 돋지 않을 수 없었다.

"그렇다면 언쇼가가 '폭풍의 언덕'에 살고 있었나요? 출입문 위쪽에서 '언쇼'라는 이름이 새겨져 있는 걸 보았거든."

"그래요. 아주 유서 깊은 가문이지요. 헤어턴이 그 언쇼 가문의 마지막 후손인 셈이에요. 캐시 아가씨는 린턴 가문의 마지막 후손이고요. 참, 캐시 아가씨는 잘 지내고 있나요?"

"캐시 아가씨? 아, 히스클리프 부인을 말하는 거로군. 그렇게 행복해 보이지 않던데."

"아이고, 그럴 줄 알았어. 그런데 그 집 주인은 어떠셨어요?"

"좀 거칠어 보이던데요."

"맞아요. 톱날처럼 거칠고 돌덩이처럼 딱딱한 사람이지요."

"자, 딘 부인. 선심 쓰는 셈 치고 이웃에 사는 그 사람들 이야기 좀 해주지 않겠소? 좀처럼 잠이 올 것 같지가 않아요. 한 시간 정도면 될 것 아닌가요?"

"물론 해드리지요. 일단 바느질거리와 요깃거리 좀 가져올게요. 잠시만 기다려주세요."

그녀는 밖으로 나가더니 김이 모락모락 나는 죽사발과 바느질거리를 가지고 돌아왔다. 그녀는 무뚝뚝해 보이던 내가 이렇게 사교적이라는 것을 알고 대단히 만족스러운 표정을 지었다. 그녀는 의자를 당기고 이야기를 시작했다.

제가 이곳 스러시크로스 그레인지에 와서 살기 전에 저는 죽 '폭풍의 언덕'에서 지냈어요. 제 어머니가 헤어턴의 아버지인 힌들리 언쇼의 유모였고 저는 그 집 아이들과 함께 놀면서 자랐거든요.

어느 맑은 여름날 아침, 언쇼 어르신께서 여행 채비를 하고 내려오시더니 조셉에게 그날 해야 할 일을 당부하셨어요. 그리고 우리, 힌들리 도련님과 캐시 아가씨 그리고 저를 향해 몸을 돌리시더니 힌들리 도련님에게 말씀하셨어요.

"우리 아들, 오늘 내가 리버풀에 다녀올 일이 생겼다. 갔다 오는 길에 뭘 사다 주랴?"

힌들리 도련님은 바이올린을 원한다고 했어요. 이어서 캐시 아가씨에게 묻자 캐시 아가씨는 말채찍을 사달라고 했어요. 캐시 아가씨는 여섯 살이었지만 이미 마구간에서 못 타는 말이 없었거든요.

나리가 안 계신 사흘이 정말 길게 느껴졌어요. 특히 캐시 아가씨는 아버지가 언제 오시느냐고 틈만 나면 묻곤 했어요. 나리께서 떠나신 지 사흘째 되는 날 밤 11시쯤 문빗장이 조용히 열리더니 나리께서 들어오셨어요. 나리께서는 소파에 털썩 주저앉으시더니, 얼굴에는 미소를 띠고 계셨지만 입으로는 끙 하는 신음을 내셨어요. 그러고는 둘둘 말아서 양팔로 안고 있던 외투 자락을 펼치시며 말씀하셨어요.

"어휴, 정말로 죽을 지경이군. 여보, 이걸 보구려. 내 평생 이렇게 힘든 적은 없었는데 다 이놈 때문이라오. 피부가 까무잡잡한 게 좀 걸리긴 하지만 하나님께서 우리에게 주신 선물로 생각하고 받아주시구려."

저는 캐시 아가씨 뒤에 서서 나리가 내려놓은 아이를 바라보왔어요. 아이는 검은 머리카락을 하고 온통 찢어진 더러운 옷을 입고 있었어요. 얼굴을 보니 캐시 아가씨보다 한두 살 나이가 더 들어 보였어요. 아이는 주위를 둘러보며 알아듣지도 못할 말만 중얼거리고 있었어요.

마님은 펄쩍 뛰었지요. 우리 아이들도 있는데 어쩌자고 이런 집시 아이를 집으로 데려왔느냐, 도대체 정신이 어떻게 된 게 아니냐며 아이를 당장 밖으로 내던질 기세였어요. 주인 나리는 피곤했음에도 불구하고 차근차근 설명하며 마님을 달래려고 애썼어요.

나리는 리버풀 거리에서 길을 잃은 채 굶주리고 있는 아이를 발견하고 그 아이 부모를 찾으려 애를 쓰셨답니다. 그런데 부모가 누구인지 아무도 아는 이가 없자 불쌍해서 데려오셨다는 거예요.

마님은 입으로는 계속 툴툴거리셨지만 마음을 어느 정도 가라앉히셨어요. 그러자 언쇼 나리께서 제게 그 아이를 씻긴 다음 깨끗한 옷으로 갈아입히고 아이들과 함께 재우라고 말씀하셨어요.

그때까지 그냥 소동을 지켜보고만 있었던 힌들리 도련님과 캐시 아가씨는 그제야 아버지 외투 주머니를 뒤지기 시작했어요. 약속한 선물을 사오셨는지 보려고 한 거지요. 그런데 힌들리 도련님이 발견한 건 깨져서 산산조각이 난 바이올린이었답니다. 도련님은 열네 살인데도 큰 소리로 징징댔답니다. 게다가 캐시 아가씨를 위해 사오시겠다던 말채찍도 없었어요. 팔에 안고 있는 아이에게 신경 쓰다 그만 잃어버린 거지요.

이렇게 해서 그 아이, 히스클리프는 이 집에 살게 되었답니다. 물론 히스클리프란 이름은 주인어른이 붙여주신 거지요. 그 이름은 죽은 아들의 이름이었어요. 이후로 히스클리프는 그 애의 이름이자 동시에 성(姓)이 되었어요. 처음에는 그 애를 미워하던 캐시 아가씨는 그 애와 금방 친해졌지만 힌들리 도련님은 여전히 그 애를 몹시 미워했어요. 솔직히 말씀드리자면 저도 그 애를 미워했답니다. 우리는 그 아이를 괴롭히는 장난도 많이 했고요.

그 아이는 늘 우울한 표정이었고 참을성도 강했어요. 우리의 푸대접 덕분에 더 단련된 것 같기도 하고요. 힌들리 도련님이 때려도 눈 하나 깜짝 안 했고 눈물도 흘리지 않았어요. 히스클리프가 그 모든 걸 참아내고 있다는 걸 알게 된 나리는 힌들리 도련님이 그 애를 못살게 굴 때마다 노발대발하셨어요. 참이상한 일이지요? 언쇼 나리는 히스클리프를 아주 좋아하셨어요. 게다가 그의 말이라면 뭐든지 믿으셨어요. 말수가 워낙 적은데다, 거짓말한 적도 없었으니 어찌 보면 당연한 일이었지요. 심지어 주인어른은 캐시 아가씨보다도 히스클리프를 훨씬 더 귀여워하셨어요. 사실 캐시 아가씨는 말괄량이인데다 말썽도 많이 부렸고 부모님 말씀도 잘 안 들었거든요.

어쨌든 히스클리프가 이 집에 들어온 후 집안에는 불화가 생기게 된 셈이지요. 2년 후 언쇼 부인이 세상을 떠나자 힌들리 도련님은 아버지를 폭군으로 여기게 되었고, 히스클리프를 아버지의 사랑과 자신의 특권을 빼앗아간 놈이라고 생각하게 되었답니다.

저도 처음에는 히스클리프가 싫었지만 그가 조용하고 참을성이 많다는 걸 알자 그를 향한 마음이 바뀌었어요. 힌들리 도련님은 유일한 동지를 잃은 거지요. 그렇다고 제가 그에게 푹 빠진 건 아니었어요. 저는 그렇게 감사할 줄도 모르는 아이를 주인어른께서 왜 그렇게 애지중지하시는지 의아했거든요. 사실이에요. 히스클리프는 주인어른께서 그렇게 사랑으로 보살펴주시는데도 그저 뚱하게 있을 뿐 고마움을 표시해본 적이 없었거든요. 그렇다고 그 애가 은인에게 무례하게 굴었다는 건 아니에요.

제4장

51

제가 보기에 한 가지는 확실했어요. 그는 자기가 나리의 마음을 사로잡았다는 걸 분명히 알고 있었다는 거예요. 또한 자기 말 한마디로 집안 전체를 좌지우지할 수 있다는 것 또한 분명히 알고 있었다는 거지요.

지금도 또렷이 기억나는 좋은 예가 있어요. 어느 날인가 언쇼 나리께서 망아지를 한 쌍 사오셨어요. 그리고 두 사내아이에게 한 마리씩 가지라고 하셨지요. 건장하고 좋은 쪽을 히스클리프가 차지했어요. 그런데 얼마 안 가보니 그 망아지가 절름발이였던 거예요. 그 사실을 알자 히스클리프가 힌들리 도련님에게 말했어요.

"망아지 바꿔줘. 순순히 그러는 게 좋을걸. 안 그러면 네가 이번 주에 나를 세 번이나 때렸다고 네 아버지께 이를 거야. 여기 멍든 것도 보여드릴 거야."

히스클리프는 일곱 살이나 위인 힌들리 도련님에게도 막말을 했어요. 그러자 화가 난 힌들리 도련님이 소리를 질렀어요.

"이 집시 악당 놈아! 내 망아지를 갖건 말건 맘대로 해! 그걸 타다 말 위에서 떨어져 모가지나 부러져라, 이 거지 도둑놈아! 어서 가져가, 그리고 말발굽에 치여 대가리나 박살 나라, 이 악마 같은 놈아!"

그 말이 끝나기도 전에 히스클리프는 이미 힌들리 도련님의 망아지를 자기 마방에 넣고 있었습니다. 히스클리프가 말 뒤로 돌아가는 순간 힌들리 도련님이 히스클리프를 걷어찼어요. 자기 말대로 말발굽에 치이라고 한 짓이었어요. 그런 후 힌들리 도련님은 바로 줄행랑을 놓았어요.

저는 히스클리프의 다음 행동을 보고 깜짝 놀랐어요. 얼마나 냉정한 아이인지, 마치 아무 일도 없었다는 듯 툭툭 털고 일어나더니 하던 일을 묵묵히 계속하는 거예요. 그러고는 마음의 상처를 달래려는 듯 건초 더미 위에 잠깐 앉아 있다가 집 안으로 들어가더군요. 그런 일을 당하고도 아무 불평 없는 그 애를 보고 저는 정말 참을성이 많은 아이라고 생각했어요. 하지만 제가 잘못 본 거지요. 그 속에 앙심을 품고 있다는 걸 볼 줄 몰랐던 거예요.

제5장

이제 언쇼 어르신이 돌아가실 때 이야기를 간단하게 해드리겠어요. 세월이 지나감에 따라 언쇼 어르신의 건강이 점차 나빠졌어요. 그토록 건강하고 활동적인 분이셨는데 갑자기 쇠약해져서 벽난로 신세만 지시게 된 거예요. 그러자 사소한 일에도 화를 내시게 되었어요. 특히 모두 히스클리프를 미워한다고 생각하고 각별히 히스클리프에게 신경을 쓰셨지요.

그런데 두세 번인가, 나리가 계신 앞에서 힌들리 도련님이 히스클리프에게 심하게 욕설을 했어요. 나리는 불같이 화를 냈고요. 그러자 당시 우리 집에서 아이들을 가르치고 계시던 교구 목사님이 힌들리 도련님을 대학에 보내는 게 어떻겠냐고 충

고해주셨어요. 나리는 별로 내키지는 않았지만 동의하셨어요. 이런 말씀까지 하셨으니 큰 기대를 하지 않으신 게 분명해요.

"저런 쓸모없는 녀석이 어디 간들 제대로 된 사람이 될 리가 없어."

그렇게 돼서 힌들리 도런님은 집에서 떠나게 되었지요. 그래도 집안이 별로 조용해지지는 않았어요. 언제나 혼자만 잘난 체하면서 성경 구절을 빗대어 남들 비난만 일삼고, 이간질만 하는 조셉─아마 '폭풍의 언덕'에서 이미 보셨을 거예요─때문이기도 했고 캐시 아가씨 때문이기도 했어요.

캐시 아가씨는 사실 정말로 문제였답니다. 그렇게 별난 아이도 보기 힘들 거예요. 캐시 아가씨는 적어도 하루에 50번 이상은 집안 식구들 부아를 돋우었답니다. 언제나 들떠 있었고, 수다를 그친 적도 없었어요. 노래를 부르다가 갑자기 웃고, 자기를 따라 웃지 않으면 괴롭히고…… 정말 길들이기 어려운 천방지축 말괄량이였어요. 하지만 마을에서 가장 날씬한 몸매를 하고 있었으며 아름다운 눈과 사랑스러운 미소를 지녔던 것도 사실이에요. 게다가 이제 와 생각하니 아가씨에게는 별로 악의가 없었던 것 같아요. 아이를 울린 다음에는 그 아이 옆에서 함께 울었고 나중에는 그 아이가 울음을 그쳐도 오히려 캐시 아가씨를 달래주어야만 했으니까요.

어쨌든 힌들리 도련님을 멀리 보내고 나서도 나리의 근심 걱정은 끝이 없었답니다. 그런데 드디어 언쇼 어르신이 이 세상 시름을 놓을 날이 왔습니다. 10월 어느 날 저녁 나리는 벽난로 앞에 놓인 의자에 앉은 채 조용히 세상을 떴습니다. 집 주위로 거센 바람이 휘몰아치고 있었고 우리는 모두 모여 있었어요. 캐시 아가씨는 얌전히 아버지 무릎에 머리를 기대고 히스클리프는 그녀의 무릎을 베개 삼아 바닥에 누워 있었어요.

지금도 그때 모습이 눈에 선해요. 언쇼 어르신은 혼수상태에 빠지기 직전에 딸의 머리를 쓰다듬으며 말씀하셨어요. 딸이 얌전한 모습을 보일 때가 드물었으니 그런 모습을 보고 흐뭇하셨던 거지요.

"캐시야, 네가 늘 이렇게 얌전한 아이라면 얼마나 좋겠니?"

그러자 아가씨는 아버지 얼굴을 쳐다보고 깔깔 웃으며 대답했어요.

"아버지, 아버지께서 언제나 이렇게 다정하시면 얼마나 좋겠어요?"

다시 화를 내는 아버지를 보자마자 아가씨는 아버지 손에 입을 맞춘 다음 자장가를 불러드리겠다고 한 후 나지막한 목소리로 노래를 부르기 시작했습니다. 얼마 후 아가씨의 손을 잡고 있던 나리의 손이 밑으로 툭 떨어졌고 머리가 가슴 쪽으로 수그러졌어요.

아가씨는 소리를 질렀어요.

"아아, 돌아가셨어! 히스클리프, 아버지가 돌아가셨어!"

두 아이는 가슴이 찢어지는 듯 서럽게 울기 시작했습니다.

제6장

힌들리 도련님은 장례식 날짜에 맞춰 돌아왔습니다. 그런데 우리 모두 깜짝 놀라고 말았어요. 도련 님이 아내를 데려온 거예요. 힌들리 도련님은 그 여자가 어떤 여자인지 일절 말이 없었습니다. 별로 내세울 게 없는 집안 출신인 게 분명했어요. 그렇지 않다면 아버지께 결혼한 사실을 숨겼을 리가 없지요.

게다가 좀 모자라는 여자가 아닌가 하는 생각도 들었어요. 글쎄, 장례식 때 이런저런 일로 눈코 뜰 새 없이 바쁜 저를 자 기 방으로 부르더라고요. 방으로 들어가니 바들바들 떨면서 "사람들 아직 있어?"라고 묻는 게 아니겠어요? 자기는 검은색 을 보면 너무 떨린다며 훌쩍훌쩍 울기까지 했어요. 제가 왜 그러느냐고 물었더니 죽을까봐 너무 무섭다고 하더군요.

도련님, 아니 이제부터 언쇼 주인님이라고 불러야겠지요. 주인님은 3년간 집을 떠나 있으면서 정말 많이 변했어요. 전보다 훨씬 여윈데다 혈색도 나빠졌으며 말투와 옷차림까지 완전히 달라진 거예요. 게다가 전보다 훨씬 성격이 거칠어졌어요. 특히 히스클리프를 아주 모질게 대했어요. 히스클리프를 향한 옛 원한을 잊지 않고 있었던 거지요. 부인이 히스클리프가 싫다고 부채질까지 하자 주인님은 히스클리프를 하인들 거처로 내쫓았답니다. 교구 목사에게 배우던 공부도 그만두게 한 것은 물론이지요. 그리고 하인들 부리듯 마구 부려먹었지요.

히스클리프는 이런 신분의 추락을 처음에는 잘 견뎌냈어요. 캐시 아가씨 덕분이었어요. 아가씨는 자기가 배운 걸 히스클리프에게 가르쳐주고 늘 그와 함께 들판에서 일도 하고 놀아주기도 했거든요. 그들을 그대로 두었다가는 제멋대로 자라서 야만인이 될 것 같았어요. 하지만 주인님은 그들이 눈에 띄지만 않으면 무슨 짓을 하건 개의치 않았어요. 조셉이나 교구 목사가 그들이 교회에도 빠졌다는 것을 주인님께 일러바치면 그제야 주인님은 히스클리프에게 매질하고 아가씨에게는 저녁을 굶기는 벌을 주곤 했어요. 하지만 그때뿐, 둘은 다시 어울렸어요. 제 생각에는 둘이 무슨 복수 계획 같은 것도 세웠던 것 같아요.

그러던 어느 일요일이었어요. 그날도 둘은 뭔가 잘못을 저질러서 집에서 쫓겨났어요. 그런데 식사 시간이 되어도 둘 다 보이지 않는 게 아니겠어요? 모두 나서서 온 집 안을 샅샅이 뒤졌지만 찾을 수 없었어요. 화가 난 주인님은 대문을 걸어 잠그고 아무도 열어주지 말라고 엄하게 명령을 내렸어요.

밤이 되고 온 집안사람이 다 잠이 들었는데 아무도 돌아오지 않았어요. 저는 잠을 이루지 못하고 창을 열어 고개를 밖으로 내밀고 있었어요. 아무리 주인님이 엄중한 명을 내렸어도, 그 애들이 온다면 문을 열어주겠다고 생각하고 있었지요.

얼마나 지났을까, 문밖 길에서 발소리가 들리더니 호롱불 빛이 대문 앞에서 어른거리는 게 아니겠어요? 저는 숄을 뒤집어쓰고 황급히 밖으로 뛰쳐나갔어요. 그들이 문을 두드려 주인님을 깨우기 전에 문을 열어주려 한 거지요.

그런데 대문을 연 저는 깜짝 놀랐어요. 히스클리프 혼자 문 앞에 서 있었던 거예요. 저는 다급해서 소리쳤어요.

"캐서린 아가씨는 어디 있어? 무슨 사고라도 난 거 아냐?"

"스러시크로스 그레인지에 있어. 나도 있으려고 했는데 놈들이 함께 있으라고 하지 않았어. 예의 없는 녀석들!"

"아니, 뭐 하려고 거기까지 쏘다닌 거야?"

저는 주인님에게 들킬까봐 촛불을 껐고 그는 옷을 갈아입으면서 이야기했습니다.

"캐시하고 무작정 어디론가 돌아다녀보려고 빨래터 쪽을 통해 빠져나갔어. 한참 걷다 보니 그레인지의 불빛이 보이기에 한번 가서 들여다보기로 한 거지. 린턴 집안사람들은 일요일 저녁을 어떻게 보내는지 궁금했어. 거기에서도 부모는 불가에서 음식을 먹으며 즐겁게 웃고 떠드는데, 애들은 한쪽 구석에서 벌을 받으며 떨고 있는지 궁금했던 거야."

히스클리프의 말을 듣고 제가 금방 대답했습니다.

"그럴 리 없지. 그 집 애들은 착하니까, 너희처럼 못된 짓을 하고 벌 받을 리가 없어."

"넬리, 제발 설교 따위는 집어치워! 헛소리 그만하라고! 자, 들어봐. 우리는 울타리 구멍으로 기어들어가 응접실 창문 아래 화단까지 갔어. 둘이서 창틀에 매달려 안을 들여다보았지. 굉장했어. 정말 으리으리한 방에 진홍빛 카펫이 깔려 있었어. 의자랑 탁자 커버도 똑같은 색이었고…… 천장 한복판에는 은사슬에 매달린 촛대가 있었고…… 그런데 린턴 노인 부부는 그 방에 없었어. 에드거 린턴과 누이동생 이사벨라만 있었지. 이사벨라는 캐시보다 한 살 아래이니까 열한 살일 거야. 그런데 네가 착하다고 한 그 애들이 뭘 하고 있었는지 알아? 이사벨라는 방 한구석에 벌러덩 누워서 고래고래 악을 쓰고 있더라고. 시뻘겋게 달궈진 바늘로 마녀가 몸을 쿡쿡 쑤셔대는 것 같았다니까. 에드거는 벽난로 옆에 서서 소리 없이 울고 있었고. 탁자 위에는 강아지 한 마리가 앉아서 앞발을 흔들며 낑낑대고 있었어. 둘이 서로에게 해대는 소리를 듣자니 서로 개를 차지하겠다고 개의 발을 하나씩 잡고 잡아당긴 모양이야. 어휴, 병신들! 무슨 그런 걸 하면서 놀아! 그깟 살아 있는 털 뭉치 하나 갖겠다고 싸우다가 실컷 싸운 다음에는 서로 안 갖겠다고 울고불고하다니! 우리는 그런 응석꾸러기들을 보고 실컷 비웃다가 깔깔 웃음을 터뜨렸지."

제가 히스클리프의 말을 가로막았어요.

"그래, 알았어. 그만하고 왜 아가씨는 놔두고 혼자 왔는지나 말해."

"우리가 웃는 소리를 그 애들이 들은 거야. 애들이 놀랐는지 '으악' 소리를 지르더니 '엄마, 아빠, 이리 와봐요!'라고 소리치며 문가로 달려갔어. 나는 캐시 손을 잡고 빨리 도망치려 했어. 그런데 캐시가 갑자기 넘어지면서 '히스클리프, 어서 도망가, 어서. 불도그를 풀어놓았나봐. 나 물렸어'라고 말했어. 정말 악마 같은 불도그 놈이 캐시의 발목을 물고 있었던 거야. 하지만 캐시는 소리를 지르지 않았어. 나는 돌멩이를 집어 들고 그 놈 입에 처넣으려고 애를 썼어. 그때 하인 한 놈이 호롱불을 들고 나오면서 '스컬크, 물어라, 꽉 물어!'라고 소리를 치더라고. 아마 도둑이 든 줄 알았나봐. 그런데 그 하인 놈이 스컬크가 물고 있는 캐시를 보았어. 그는 금방 캐시에게서 개를 떼어놓더니 캐시를 번쩍 들어 올렸어. 캐시 얼굴은 하얗게 질려 있었어. 무서워서 그런 게 아냐. 아파서 그랬던 거지. 하인이 캐시를 안으로 옮겼어. 나도 이를 갈며 뒤를 따라갔어. 하인을 보자 문 앞에서 기다리고 있던 린턴 씨가 '그래, 스컬크가 뭘 잡았나?'라고 물었어. 그러자 하인이 '나리, 어린 계집아이입니다. 사내놈도 하나 있고요. 아무래도 도둑놈들 끄나풀 같습니다요. 우리가 잠든 사이에 창문으로 집어넣고 문을 열게 하려던 거 같아요. 나리, 총 가지고 계시지요?' 하고 대답했어. 그 린턴 나리가 나를 손가락으로 가리키며 '염려 마, 로버트. 존, 거기 사슬에 묶어두도록 해. 감히 치안판사 집으로 쳐들어오다니! 여보, 메리! 무서워할 것 없어. 어린놈이로군. 저놈 인상 쓰는 것 좀 보라지. 영 범죄자 상판이로군' 하고 말하더군. 하인들이 나를 이리저

리 뜯어보는 사이에 캐시가 정신을 차렸어. 잠시 기절했던 거야. 그러자 어머니 옆에 있던 에드거가 캐시 얼굴을 알아보았어. 아마 교회에서 봤겠지. 그러곤 자기 어머니에게 '저건 언쇼 양이야'라고 속삭였어. 그 소리를 들은 린턴 씨가 '언쇼 양이라고! 아니, 그런데 왜 이 시간에 이렇게 싸돌아다니는 거야. 다제 오라비 잘못이지. 듣자하니 동생을 돌보지 않아서 제멋대로라더니, 그 말이 맞군' 하고 소리치더니 나를 보고 '그럼, 저놈은 누구야? 옳거니, 돌아가신 그 집 어른이 리버풀에 갔다 오는 길에 이상한 놈을 하나 주워왔다더니 바로 이놈이로군' 하고 말을 이었어. 그 뒤에 어떻게 되었느냐고? 나는 안 가겠다고 버티며 고래고래 소리를 질렀고 그런 나를 하인 놈들이 밖으로 쫓아냈어. 나는 할 수 없이 이렇게 혼자 돌아온 거야."

히스클리프 이야기가 끝나자 제가 그 애에게 말했어요.

"너 정말 큰 사고 친 거다. 주인님께서 경을 치실걸. 각오하고 있어야 해."

제 말은 사실이었습니다. 사정을 알게 된 언쇼 주인님은 노발대발했지요. 더욱이 다음 날 아침 린턴 씨가 찾아와서 젊은 나리에게 집안은 그렇게 다스리는 게 아니라며 한바탕 설교를 늘어놓고 돌아가자 주인님의 분노는 절정에 달했습니다. 그리고 집안을 이제와는 다른 방식으로 다스리겠다고 다짐했지요. 캐시 아가씨는 몸이 불편해서 그 집에 머물고 있었고요.

하지만 언쇼 주인님은 히스클리프를 매질하지 않았습니다. 대신 앞으로 캐시 아가씨와 단 한 마디라도 말을 나누면 집에서 당장 쫓아내겠다고 경고했지요. 한편 아가씨가 돌아오는 대로 아가씨를 단속하는 책임은 언쇼 부인이 맡았습니다. 하지만 강압적으로 단속할 것이 아니라 슬슬 구슬리기로 했답니다. 아가씨의 성격을 잘 알고 있었기 때문이었지요. 아가씨는 억지로 단속하고 강요한다고 순순히 길이 들 사람이 아니었거든요.

제7장

캐시 아가씨는 스러시크로스 그레인 지에 크리스마스 때까지 5주나 머물러 있었답니다. 캐시 아가씨가 돌아오던 날, 아가씨 모습을 보고 우리는 모두 놀라고 말았답니다. 아가씨가 너무 변한 거예요. 우리는 아가씨가 전처럼 선머슴 모습으로 나타나 우리를 숨이 막히도록 껴안을 줄 알았어요. 그런데 깃털 달린 수달피 모자 아래 긴 머리를 찰랑거리며 멋진 승마복을 입은 채 말에서 내리더니, 양손으로 치맛단을 걷어 올린 채 아주 기품 있게 걸어 들어오는 게 아니겠어요? 몇 주 만에 숙녀가 다 된 거지요. 나중에 알았지만 그동안 린턴가의 안주인이 아가씨를 자주 찾아가 행실을 바로잡아 주었대요. 물론 억지로 그런 게 아니었어요. 아가씨의 몸매와 얼굴, 옷맵시를 칭찬하면서 아가씨 자존심을 살려준 거지요. 맞아요. 아가씨는 자존심이 정말 강했으니 그걸 건드려서는 될 일이 하나도 없었지요.

아가씨 모습을 본 힌들리 주인님은 흐뭇하게 말했어요.

"야, 캐시, 너 제법 미인이로구나! 못 알아볼 정도로 숙녀티가 나. 여보, 프랜시스, 그렇지 않소? 이사벨라 린턴과는 비교도 되지 않아."

그 말에 언쇼 부인이 화답했어요.

"그럼요, 이사벨라는 타고난 바탕이 아가씨와는 상대가 안 되지요. 하지만 아가씨도 이제부터는 전처럼 아무렇게나 지내시면 안 돼요."

아가씨는 장갑을 벗으며 고개를 두리번거리더니 말했어요.

"그런데 히스클리프는 어디 있어. 안 보이네."

그러자 주인님이 큰 소리로 외쳤어요.

"히스클리프, 어서 썩 나오지 못해! 다른 하인들처럼 빨리 아가씨에게 인사해야지."

의자 뒤에 숨어 있던 히스클리프가 쭈뼛쭈뼛 나타나자 아가씨는 그에게 달려들어 단숨에 예닐곱 번 입을 맞추더니 한 발 뒤로 물러서며 웃음을 터뜨렸어요. 그러고는 그에게 말했어요.

"어머 어쩜 그렇게 얼굴이 새까만 거야? 게다가 왜 그렇게 뾰로통해 있어? 정말 우습고 심술궂어 보이네. 하긴 내가 에드거나 이사벨라하고만 지내서 네가 그렇게 보이는 걸 거야."

그 모습을 본 언쇼 주인님이 선심 쓰듯 말했어요.

"히스클리프, 악수해도 된다. 한 번쯤은 허락해주마."

그러자 히스클리프가 단호하게 말했어요.

"싫습니다. 나를 비웃는 건 참을 수 없어요."

히스클리프가 말을 마치고 방에서 나가려는 걸 아가씨가 다시 붙잡고 말했어요.

"비웃은 게 아냐. 그냥 나도 모르게 웃음이 나온 거야. 너도 세수하고 빗질하면 멋지게 될 거야. 그렇지만 너 정말 너무 더럽다."

아가씨는 자기가 잡고 있는 그의 더러운 손을 걱정스러운 표정으로 바라보고 있었어요. 그것을 보고 히스클리프는 황급히 손을 빼며 말했어요.

"안 만지면 될 거 아냐! 나는 더러운 게 좋아. 앞으로도 계속 더럽게 살 거야."

그는 밖으로 나가버렸어요. 그 모습을 보고 주인 내외가 재미있다는 듯 웃고 있었고요.

그날로 주인님은 린턴가의 아이들을 크리스마스 파티에 초대했어요. 캐시 아가씨를 잘 대해준 보답이었지요. 그들은 초대를 받아들였어요. 다만 한 가지 조건이 있었지요. 린턴 부인이 그 입버릇 사나운 사내 녀석은 자기 아이들과 자리를 함께하지 않게 해달라는 거였어요. 물론 히스클리프를 말한 거지요.

저는 그들을 맞이할 준비를 하느라 눈코 뜰 새 없이 바빴어요. 크리스마스도 겹쳤으니 더욱 할 일이 많았지요. 음식 준비하랴, 온갖 장식도 하랴, 마루도 반짝반짝 윤을 내랴 정신이 없었어요. 갑자기 돌아가신 언쇼 어르신이 생각났어요. 제가 그렇게 청소를 하고 나면 제 머리를 쓰다듬으시면서 "정말 수고했다. 너는 정말 귀여운 애야"라고 말씀하시고는 제 손에 1실링을 쥐여주시곤 하셨거든요. 언쇼 어르신이 히스클리프를 얼마나 아끼셨는지도 생각났어요. 그러자 그 애의 딱한 처지가 떠올라 눈물이 났지요. 저는 얼른 일어나 밖으로 나갔어요. 다행히 히스클리프는 그다지 멀리 가지 않았어요. 여느 때처럼 마구간에서 말에게 여물을 먹이고 털을 빗겨주고 있었어요. 그 애를 보고 말했어요.

"서둘러, 히스클리프! 캐시 아가씨가 내려오기 전에 너를 근사하게 만들어줄게."

제7장

69

하지만 그는 아무 대답도 없었어요. 저는 그에게 기다리겠다고 말한 후 다시 안으로 들어갔어요. 하지만 그 애는 제게 오지 않았어요. 늦은 시각까지 일하다가 그냥 자기 방으로 가버린 거지요.

다음 날 아침, 휴일이라 식구들이 모두 교회로 간 다음에 그 애가 슬그머니 제게 얼굴을 보였어요. 일찍 일어났지만 혼자 늪지대를 거닐다가 돌아온 거예요. 그 애는 한껏 용기를 내어 제게 소리치듯 말했어요.

"넬리, 나 좀 깨끗하게 해줘. 이제부터 착한 애가 될 거야."

"정말 잘 생각했어. 너는 아가씨를 속상하게 한 거야. 밥도 안 먹고 자러 가면 어떻게 하니? 그렇게 심술이나 부리고…… 오늘 아침에 네가 밥도 안 먹고 나갔다니까 아가씨가 울더라."

"나도 얼마나 울었다고. 울 이유는 내가 더 많지."

"암튼 심술부린 거 미안하면 아가씨가 돌아오자마자 가서 만나. 미안하다고 말하고 껴안아주고…… 당장 식사를 준비해야 하지만 그 전에 짬을 내서 너를 근사하게 만들어줄게. 에드거 따위는 네 옆에 서면 진짜 인형같이 보이게 만들어줄게."

한순간 히스클리프의 얼굴이 밝아졌어요. 하지만 곧 어두운 표정을 짓더니 한숨을 내쉬며 말했어요.

"아아, 나도 금발에 하얀 피부라면 얼마나 좋을까. 나도 그렇게 좋은 옷을 입고 행동도 의젓할 수 있다면…… 나도 나중에 그 애처럼 부자가 된다면 얼마나 좋을까!"

제가 그 애를 달래주었지요.

"그래서? 내내 제 엄마 치마꼬리만 잡고 있는 애? 촌뜨기가 주먹만 쳐들어도 벌벌 떠는 애? 그런 소리 하지 마. 그런 똥개 같은 표정하지 마. 자기가 얻어맞을 만한 짓을 한 걸 아는 개처럼 보이잖아. 그러면서 온 세상 사람을 다 미워하는 얼굴이나 하고 있고. 마음을 곱게 먹어야 얼굴도 고와진답니다. 자, 어때? 머리도 감고 빗질도 하니까 너도 꽤 잘생긴 것 같지 않아? 왕자가 변장한 거라고 해도 믿겠다."

저는 그런 식으로 계속 수다를 떨었어요. 히스클리프도 기분이 풀려 얼굴이 환해졌고요. 그때 대문 밖에서 마차 소리가 났고 우리의 대화는 중단되었어요. 언쇼 가문의 사람들과 함께 린턴가 아이들이 도착한 거지요. 린턴가 아이들은 외투와 모피로 숨이 막힐 만큼 몸을 휘감은 채 자기네 집 마차에서 내렸고 언쇼가 사람들은 타고 있던 말에서 내렸어요. 캐서린 아가씨는 두 남매의 손을 한쪽씩 잡고는 집으로 데리고 들어가더니 난로 옆에 앉혔어요.

저는 히스클리프에게 어서 가서 의젓한 모습을 보여주라고 재촉했어요. 그 애는 순순히 제 말을 받아들였지요. 그런데 하필이면! 히스클리프가 주방에서 큰 방으로 통하는 문을 여는 순간, 힌들리 주인님이 반대쪽에 있던 문을 열고 들어서고 있던 거예요. 둘이 딱 마주친 거지요. 힌들리 주인님은 히스클리프가 깨끗하게 단장한데다 명랑한 얼굴인 것을 보고 속이 뒤틀린 모양이에요. 그 애를 보자마자 호통을 쳤어요.

"이놈을 얼른 내보내지 못해! 식사를 마칠 때까지 다락방에 가둬둬! 안 그러면 주방 음식을 다 훔쳐 먹을 놈이니."

제가 히스클리프는 그런 애가 아니라고 변명하자 주인님은 더 화가 치민 것 같았어요. 계속 호통을 쳤지요.

"어서 꺼지지 못해! 날 저물 때까지 내 눈에 띄면 주먹맛을 보여줄 테다. 얼씨구, 꼴에 멋을 내? 어디 그 꼬불꼬불한 머리 좀 만져보자. 얼마나 길게 늘어지는지 한번 잡아당겨보자."

문지방에 서 있다가 그 모습을 보게 된 에드거 도련님이 한 마디했어요.

"그렇지 않아도 너무 긴 걸요. 머리카락이 저렇게 눈을 덮으면 두통이 생기는데."

그냥 무심코 입에서 나온 소리였어요. 천성이 착한 사람이니 무슨 악의 같은 게 있을 리 없었지요. 하지만 이미 연적으로 생각하고 있던 애에게서 그런 소리가 나왔으니 그렇지 않아도 격한 성격의 히스클리프가 얌전히 있을 리 없었어요. 히스클리프는 손에 잡히는 대로 사과 소스 그릇을 집더니 상대방 얼굴과 목덜미에 끼얹어버렸어요. 에드거 도련님은 금세 훌쩍거렸고 여동생과 캐서린 아가씨가 달려왔어요. 언쇼 주인님은 당장 자기 방으로 범죄자를 끌고 갔어요. 잠시 후 얼굴이 벌겋게 된 채 숨을 헐떡이며 다시 돌아온 것으로 보아 모진 매로 다스린 후 다락방에 가두어둔 게 틀림없었어요. 그사이 캐서린 아가씨가 에드거 도련님을 책망하고 있었어요.

"그 애에게 말을 건 게 잘못이야. 네가 다 망쳐버린 거야. 너 때문에 그 애는 매를 맞은 거야. 난 그 애가 매 맞는 거 싫단 말이야."

하지만 모든 소란은 맛있는 음식이 나오자 그치고 즐거운 저녁이 시작되었어요. 사람들은 저녁 내내 춤을 추고 노래를 불렀어요. 저도 춤을 추었지요. 언쇼 부인은 음악을 좋아했고 캐서린 아가씨도 좋아했어요. 그런데 아가씨가 갑자기 계단 위 어두운 곳으로 올라가더니 슬그머니 밖으로 나갔어요. 모두 즐겁게 노느라 아가씨가 없어진 것도 몰랐어요. 저는 아가씨가 어디로 가나 궁금해서 뒤를 따라갔어요.

캐서린 아가씨는 히스클리프가 갇혀 있는 다락방으로 통하는 사다리를 오르더니 잠시 후 둘이 함께 다락방에서 나왔답니다. 저를 본 아가씨는 히스클리프를 주방으로 데려가라고 했어요. 저는 주인을 속이는 짓을 하기 싫었지만 히스클리프가 어제부터 쫄쫄 굶은 것을 알기에 그를 몰래 주방으로 데려갔어요. 그리고 그의 앞에 맛있는 음식을 잔뜩 차려주었어요.

하지만 그는 음식에는 별로 손도 대지 않고, 두 손으로 턱을 괸 채 앉아서 말없이 생각에 잠겨 있었어요. 제가 무슨 생각을 하느냐고 물었더니 그가 자못 심각하게 대답했어요.

"어떻게 하면 힌들리에게 복수할 수 있을까 생각하고 있어. 복수만 할 수 있다면 아무리 오랜 세월이라도 기다릴 거야. 설마 내가 복수하기 전에 죽지는 않겠지. 나 좀 내버려둬. 복수 계획을 세울 거야. 그 생각만 하면 배고픈 것도 모르겠고 아픈 것도 모르겠어."

"어머, 록우드 씨, 제가 너무 늦게까지 수다를 떨고 있었네요. 졸고 계신 것도 모르고. 주무셔야지요."

딘 부인은 그 말을 하면서 바느질거리를 챙겼다. 하지만 졸다니, 천만의 말씀! 나는 황급히 말했다.

"가지 말아요. 나는 원래 늦게 잠자리에 드는 사람이오. 자, 조금 더 이야기해줘요."

"정 그러시다면 이야기를 계속해드릴게요. 3년 정도는 건너뛰고 이야기해드리지요."

"아니, 그러지 말아요. 좀 더 상세하게 들려줘요."

"그러면 다음 해 여름 이야기부터 해드릴게요. 1778년 여름이니까 지금으로부터 거의 23년 전 이야기네요."

제8장

　　화창한 6월 어느 날 아침에 유서 깊은 언쇼 가문의 마지막 아기가 태어났답니다. 제가 키우게 될 아기였지요.

　저는 집에서 멀리 떨어진 곳에서 건초 일을 하고 있었어요. 그때 아침밥 나르는 일을 하던 하녀 애가 들판을 가로질러 뛰어오며 소리를 질렀어요.

　"어쩜 그렇게 큰 아기가! 정말 너무 귀여워. 그렇게 귀여운 아기는 본 적이 없어! 정말이야."

　그녀는 숨을 좀 가라앉히더니 덧붙였어요.

　"그런데 마님이 얼마 못 살 거라고 의사 선생님이 말했대. 벌써 여러 달 전부터 폐병을 앓고 있었다는 거야."

저는 황급히 집을 향해 달려갔어요. 아기를 얼른 보고 싶어서였어요. 그렇지만 주인님을 생각하면 마음이 아팠어요. 그의 마음속에는 두 명의 우상밖에는 없었으니까요. 바로 자기 자신과 부인, 둘뿐이었지요. 그가 이 세상에서 사랑한 사람은 그 둘밖에 없었어요. 게다가 부인을 거의 숭배하다시피 했는데, 만일 그녀가 죽는다면 주인님이 어떻게 견뎌낼 수 있을지 상상하기도 어려웠어요.

'폭풍의 언덕'에 도착하자 주인님이 현관 앞에 서 있는 게 보였어요. 저는 안으로 들어가면서 아기는 어떠냐고 물었어요. 주인님이 웃으면서 대답했어요.

"넬리, 지금이라도 일어나서 달려갈 기세야."

저는 다시 마님의 안부를 물었지요.

"마님은요? 의사 말로는……."

주인님이 제 말을 끊고 말했어요.

"그 망할 놈의 의사! 프랜시스는 멀쩡해. 하도 수다를 떠는 바람에 내가 밖으로 나온 거야. 안정을 취해야 하는데 말이야. 안으로 들어가거든 제발 입을 다물어야 내가 다시 들어간다고 말해줘."

안으로 들어가서 저는 마님께 주인님 말씀을 전했어요. 그러자 프랜시스 마님이 웃으며 말했어요. 마치 너무 좋은 나머지 제정신이 아닌 것 같았어요.

"내가 별로 말도 하지 않았는데…… 그냥, 저 혼자 울다가 뛰쳐나가고서는. 그래 아무 말도 않겠다고 약속할게. 하지만 그이 꼴을 보면 웃음이 나오는 걸 어쩔 수 없어. 웃지 않겠다는 약속은 못 하겠어."

가엾은 마님! 마님은 세상을 떠나기 일주일 전까지 내내 그렇게 명랑한 모습을 보였답니다. 주인님은 아내의 건강이 날마다 좋아진다고 고집스레 우겼고 거의 난폭할 정도였답니다. 하지만 어느 날 밤, 마님은 남편의 어깨에 기대고 내일이면 일어날 것 같다고 말하면서 가볍게 기침을 하더니 그 길로 그만 세상을 떠났답니다.

마님이 세상을 떴으니 새로 태어난 헤어턴 도련님을 키우는 건 전적으로 제 몫이 되었지요. 주인님은 아기의 건강한 모습을 보면서 만족하고 기뻐했습니다. 하지만 아기에 관해서만 그랬다는 것이지 다른 일에 대해서는 아니었어요. 무엇보다 자포자기 상태에 빠진 거예요.

주인님은 울지도 않았고 기도하지도 않았어요. 그 대신 사람이건 하나님이건 저주했고 걸핏하면 분노했어요. 그리고 방탕

한 생활에 빠져들었어요.

　주인님의 횡포를 견디다 못한 하인들은 저와 조셉만 빼놓고는 모두 줄행랑을 놓고 말았어요. 저는 차마 제가 맡은 아이를 놔둔 채 떠날 수 없었기에 남았어요. 조셉은 소작인들과 막일꾼들 앞에서 거들먹거리는 게 신이 나서 남아 있었던 거고요. 게다가 그는 그런 환경을 더 좋아했어요. 남들의 잘못을 꾸짖고 비난하는 걸 천직으로 알고 있었으니까요. 그는 천당보다는 지옥을 더 좋아할 만한 사람이었어요. 거기에서는 호통치며 야단칠 대상이 천지에 널려 있을 테니까요.

　주인님이 그런 식으로 생활하니 캐서린 아가씨와 히스클리프에게도 나쁜 영향을 미칠 수밖에 없었지요. 특히 주인님이 히스클리프를 얼마나 학대했는지, 설사 성자라 하더라도 그런 학대를 받으면 악마로 변할 정도로 심했어요. 실제로 그 애는 그 당시 정말로 악마에 사로잡힌 것 같았어요. 힌들리 주인님이 도무지 구원받지 못할 상황에 빠져드는 것을 보면서 오히려 희희낙락했고 그 스스로도 점점 안하무인이 되어갔답니다. 게다가 늘 시무룩했고 점점 더 성격이 거칠어졌고요.

　그때 우리가 살던 집은 정말 지옥이었답니다. 에드거 린턴 도련님이 가끔 캐시 아가씨를 찾아오는 것 외에는 목사님을 비롯해 모든 사람의 그림자조차 얼씬거리지 않았으니까요.

당시 캐시 아가씨는 열다섯 살이었어요. 이 일대에서는 정말 여왕이었어요. 그렇게 아름다울 수가 없었지요. 그래서 그런지 점점 오만해진 게 문제이긴 했지만……. 하지만 아가씨는 한번 좋아한 사람은 끝까지 좋아했어요. 사실 저는 아가씨를 별로 좋아하지 않았는데 아가씨는 단 한 번도 제게 싫은 내색을 하지 않았으니까요. 게다가 히스클리프에 대한 애정이 한결같았던 것을 봐도 알 수 있지요. 에드거 도련님이 모든 면에서 히스클리프보다는 한 수 위였지만 아가씨 마음을 차지하기 어려웠던 것도 아가씨의 그런 성격 때문이었을 거예요.

어느 날 오후 주인님이 외출했어요. 히스클리프는 그 기회를 틈타 하루 놀아버리기로 작정했어요. 당시 히스클리프는 열여섯 살이었어요. 그 애는 그렇게 못생긴 것도 아니고 미련해 보이지도 않으면서 외모로나 정신적으로나 사람들에게 혐오감을 풍기면서 돌아다녔어요. 지금의 히스클리프를 보면 그때 모습은 조금도 남아 있지 않아요.

우선 당시의 히스클리프에게는 어렸을 때 받은 교육의 효과가 전혀 남아 있지 않았어요. 하루 종일 중노동에 시달리다보니 배우고 싶은 욕망도 사라지고 없었고요. 한때 언쇼 어르신의 굄(유난히 귀엽게 여겨 사랑함)을 받으며 우월감을 가졌던 적도 있었지만 그때는 그런 것도 온데간데없이 사라져버렸답니다.

그는 위로 올라가려는 노력을 모두 포기했어요. 한번 포기하고 나니 정말 철저했어요. 아예 위는 쳐다보지도 않는 것 같았어요. 정신적으로 그렇게 피폐해지니 용모도 그에 따라 추해졌어요. 걸음걸이도 구부정했고 표정도 멍청했으며 타고난 내성적인 성격이 정도를 지나쳐 거의 천치처럼 뚱한 사람이 되었지요. 그 애는 아는 사람들에게서 존중을 받는 것보다는 업신여김을 당하는 걸 더 즐기는 것 같았어요. 하긴 아는 사람이랬자 몇 명 되지도 않았지만요.

물론 히스클리프가 일을 마치고 쉴 때면 캐서린 아가씨가 항상 그 옆에 있긴 했어요. 하지만 언제부터인가 히스클리프는 캐서린 아가씨에게 애정 표현을 전혀 하지 않았어요. 아가씨가 천진난만하게 몸을 껴안아도 화를 내며 몸을 빼냈고요.

주인님이 출타한 틈을 타 히스클리프가 농땡이를 부리기로 작정했을 때는 바로 그런 상황이었어요. 히스클리프는 캐서린 아가씨에게 그날 하루 일 안 하고 놀아버리겠다고 선언하기 위해 큰 방으로 들어섰어요. 그때 나는 아가씨 옷매무새를 만져주고 있었지요. 에드거 도련님이 집에 찾아올 예정이었던 거예요. 캐시 아가씨가 오빠가 집에 없다고 에드거 도련님에게 전 갈을 넣은 거예요. 그녀는 히스클리프가 일할 줄 알았지 농땡이를 부리며 자기에게 오리라고는 꿈에도 생각하지 못했던 거지요.

옷을 차려입는 아가씨를 보고 히스클리프가 물었어요.

"오후에 볼일 있어? 어디 갈 데가 있는 거야?"

"아니. 비가 오잖아."

"그런데 왜 비단 원피스를 입은 거야? 누가 오기로 했어?"

히스클리프는 그 말을 하더니 벽난로 옆 의자에 앉았습니다. 그러자 잠시 머뭇거리던 아가씨가 말했어요.

"이사벨라랑 에드거가 오늘 오후 오겠다고 했어."

"그럼 사람 보내서 바쁘다고 전해. 그런 한심하고 바보 같은 애들 때문에 나를 밖으로 쫓아낼 건 아니지?"

그 말에 아가씨가 발끈했어요.

"그럼 나는 매일 저녁 너하고만 있어야 되니? 내가 얻는 게 뭐 있어? 네가 할 줄 아는 게 뭐야? 말도 제대로 못 하고 하는 짓도 어린애 같은데 무슨 재미가 있어?"

히스클리프는 자리에서 벌떡 일어났어요. 하지만 그가 자기의 기분을 미처 밖으로 내보이기도 전에 마당에서 말발굽 소리가 들렸습니다. 그러더니 금방 에드거 도련님이 안으로 들어왔어요. 순간 히스클리프는 밖으로 나갔고요.

캐서린 아가씨는 나간 사람과 들어온 사람 간의 차이를 너무나 또렷이 알 수 있었을 거예요. 험하기 그지없는 탄광촌을 바라보다가 나무가 우거진 아름다운 골짜기를 보는 기분과 비슷했을 테니까요.

방으로 들어온 에드거 도련님은 저를 슬쩍 쳐다보면서 "내가 너무 일찍 온 건가?"라고 말했어요. 저는 그냥 무안해서 바닥에 무릎을 꿇은 채 접시에 마른행주질을 하고 그릇을 정리했어요.

아가씨가 제게 말했어요.

"넬리, 거기서 뭘 하고 있는 거야?"

"일하고 있어요, 아가씨."

아가씨는 히스클리프 때문에 심사가 뒤틀려 있었어요. 저는 사실 주인님께 에드거 도련님이 와서 아가씨를 만나면 곁을 떠나지 말고 감시하라는 분부를 받았어요. 제가 머뭇거리면서 그대로 있자 아가씨가 제 곁으로 오더니 귓속말을 했어요.

"손님이 왔을 때는 자리를 비켜줘. 손님이 왔는데 청소를 하는 법이 어디 있어?"

제8장

83

"주인님이 안 계실 때라서 그릇을 정돈하기 좋은 기회예요. 그 어른 계실 때 이런 걸 만지작거리면 싫어하시거든요."

그러면서 저는 하던 일을 계속했답니다. 아가씨는 에드거 도련님이 보지 못하는 사이에 제 팔을 아주 사납게 꼬집었어요. 저는 벌떡 일어나며 비명을 질렀어요.

"아니, 아가씨, 이게 무슨 짓이에요!"

그러자 그녀는 발을 구르면서 제 뺨을 세게 후려쳤어요. 어찌나 세게 맞았던지 눈물이 핑 돌 정도였답니다. 그 모습을 보고 에드거 도련님은 너무 놀랐어요. 자기가 사랑하는 여자가 그렇게 난폭한 짓을 하다니!

그때였어요. 설상가상으로 제 옆에 앉아 있던 헤어턴 도련님이 제가 우는 것을 보고 따라 울기 시작했어요. 그러자 이번에는 아가씨가 아이에게 화풀이했어요. 아이의 두 어깨를 잡고 사납게 흔들어댄 거죠. 아이가 점점 사납게 울어대자 에드거 도련님이 아가씨를 말리려고 아가씨 두 손을 잡았어요.

그 순간 깜짝 놀랄 일이 벌어지고 말았지요. 아가씨가 그의 뺨을 세차게 내려친 거예요. 에드거 도련님은 뺨을 만지며 뒤로 물러났어요. 저는 그사이 아기를 안고 주방으로 빠져나갔어요. 앞으로 벌어질 일이 궁금해서 문은 열어놓았지요.

모욕을 당한 손님은 모자를 집어 들었어요. 아가씨가 문 쪽으로 가면서 물었어요.

"어디 가려고?"

손님은 그녀를 피해 문밖으로 나가려고 했지요.

아가씨가 말했어요.

"가지 말아요."

"가야 해. 안 갈 수 없어. 이렇게 얻어맞고야 어떻게 그대로 있을 수 있어?"

아가씨는 아무 대답도 하지 못했어요. 에드거 도련님이 계속 말했어요.

"나는 이제 네가 무서워졌어. 그리고 네가 부끄러워졌고."

아가씨의 아름다운 두 눈에 눈물이 맺히더니 눈꺼풀이 깜빡이기 시작했어요. 아가씨가 말했지요.

"그래, 갈 테면 가. 나는 이제 울어버릴 거야. 울다가 병이 나 버릴 거야."

아가씨는 의자 곁에 쓰러지더니 엉엉 울기 시작했어요. 에드거 도련님은 마당으로 나설 때까지만 해도 마음이 흔들리지 않는 것 같았어요. 주방에 있던 제가 얼른 마당으로 나가며 소리쳤어요.

"도련님, 아가씨 고집은 아무도 못 꺾어요. 지독해요. 정말 버릇도 없어요. 얼른 말에 오르세요."

하지만 그 마음 약한 도련님은 망설였어요. 그러고는 곁눈으로 창문을 흘낏 바라보았어요. 마치 고양이가 반쯤 죽여놓은 생쥐나 반쯤 먹다 만 새를 두고 떠나지 못하듯 망설였던 거지요. 저는 속으로 생각했어요.

'그래, 당신은 이제 망한 거야. 섶을 지고 불에 뛰어들 운명이로구나!'

제 생각이 맞았어요. 에드거 도련님은 몸을 돌리더니 안으로 급히 들어갔어요. 그러고는 문을 닫더군요.

잠시 후 주인님이 술에 떡이 된 채 돌아왔어요. 저는 그들에게 주인님이 오셨다는 걸 알리려고 방으로 들어갔어요. 그런데 둘이 더 친해져 있더군요. 싸움 끝에 더 가까워진 거예요. 싸우다 보니 겉을 싸고 있던 수줍음이 사라졌고 우정이 사랑으로 변한 거랍니다.

힌들리 주인님이 돌아왔다는 소리를 듣고 에드거 도련님은 허겁지겁 말에 올라탔고 아가씨는 자기 방으로 갔어요.

제9장

에드거 도련님이 떠나자마자 주인님은 차마 입에 담을 수 없는 욕설을 퍼부으며 집 안으로 들어섰어요. 저는 우선 급한 김에 헤어턴 도련님을 주방 찬장에 숨긴 참이었지요. 술김에 무슨 패악을 부릴지 몰랐으니까요.

그런데 주인님이 그걸 본 거예요. 주인님은 마치 개 목덜미를 잡아채듯 제 목을 뒤로 제치며 말했어요.

"이제야 잡았다. 네년 목구멍에 칼을 쑤셔 박아주마!"

그러더니 그는 식칼을 손에 들고 칼끝을 제 이 사이에 쑤셔 넣으려 했어요. 하지만 저는 평소에도 주인님의 그런 패악을 별로 두려워하지 않았어요. 저는 칼 맛이 형편없다며 침을 탁 뱉었어요. 그러자 그는 저를 놓아주며 계속 소리를 질렀어요.

"그러고 보니 저 새끼는 헤어턴이 아니야. 저놈이 헤어턴이라면 살가죽을 벗겨놔야지. 애비를 보고도 달려와 인사를 안하다니! 애비를 보고도 울기만 하다니! 안 그칠 거야? 자 그만 울고 아빠에게 뽀뽀! 뭐야, 안 할 거야? 이 괴물 같으니! 모가지를 확 분질러버리겠다!"

주인님은 아이를 안고 계단을 올라가기 시작했어요. 아이는 발버둥을 치며 울어댔지요. 저도 아이를 구하기 위해 계단을 따라 올라갔어요. 그런데 아래층에서 누군가 계단을 올라오는 소리가 들렸어요. 주인님께도 그 소리가 들린 모양이지요. 그는 "도대체 누구야?"라고 외치며 난간 위로 몸을 숙이고 아래를 내려다보았어요.

그 순간, 발버둥 치던 아이가 아버지 품에서 빠져나와 아래로 떨어지고 만 거예요. 정말 아찔했어요. 그런데 아이는 무사했어요. 마침 그 위기의 순간 난간 바로 아래 있던 사람이 떨어지는 아이를 자기도 모르게 받아 들고 바닥에 내려놓은 거예요. 히스클리프였어요. 그는 이런 사고를 저지른 자가 도대체 누구인지 확인하려는 듯 위를 쳐다보았어요. 주인님의 얼굴을 알아보는 순간 그의 표정이 묘하게 일그러지더군요. 어찌 보면 허망한 표정이었어요. 자기 스스로 복수할 기회를 날려버렸다는 원통한 마음이 그대로 드러나 있었지요. 만일 집 안이 어두웠다면 히스클리프는 헤어턴의 머리를 자기 손으로 박살을 냈을지도 몰라요. 저는 황급히 뛰어내려가 아이를 꼭 품에 안았어요.

그 소동에 힌들리 주인님은 술이 좀 깬 것 같았어요. 약간은 겸연쩍은 표정으로 계단을 내려오더군요. 그는 아이를 자기 눈에 띄지 않는 곳에 놓지 않은 제가 잘못했다고 저를 야단치더니 아이를 쓰다듬으려 했어요. 그러자 제 품에서 겨우 울음을 그쳤던 아이는 다시 자지러지게 울기 시작했어요.

제가 주인님께 말했어요.

"가만 좀 내버려두세요. 아이는 주인님을 싫어해요. 모든 사람이 주인님을 미워해요. 참 화목한 가정이군요! 주인님 꼴도 참으로 가관이고요."

그러자 이 정신 나간 인간이 다시 평소의 냉혹한 표정을 되찾고 말했어요.

"내 꼴이 어때서? 훨씬 더 좋아질걸. 어쨌든 애를 데리고 나가. 그리고 히스클리프, 너도 내 손이 닿지 않는 데로 꺼져버려. 오늘 밤에는 너를 죽일 생각 없다."

그는 말을 마치자 브랜디 병을 들더니 벌컥벌컥 들이켰어요.

또 무슨 행패를 부릴지 몰라서 저는 얼른 주방으로 들어갔어요. 히스클리프도 따라 들어왔고요.

저는 주방에서 아이를 재우기 위해 자장가를 불러주었어요. 히스클리프는 마구간에 갔으려니 하고 신경도 쓰지 않았어요. 하지만 나중에 알고 보니 그는 벽난로에 붙어 있는 소파에 몸을 파묻고 있었기에 아무에게도 보이지 않았던 거예요.

그때였어요. 소동이 벌어지는 동안 방 안에 가만히 있던 아가씨가 좀 조용해지자 주방 문틈으로 머리를 내밀더니 난로 곁으로 왔어요. 제게 무슨 할 말이 있는 것 같았는데 정작 한숨부터 내쉬더군요. 그러고는 제게 물었어요.

"히스클리프 어디 있어?"

"마구간에서 일하나봐요."

히스클리프는 조용히 있었어요. 깜빡 졸고 있었나봐요

꽤 오랫동안 아가씨는 아무 말이 없었어요. 그런데 얼마 후 그녀의 눈에 눈물방울이 맺히더니 바닥에 떨어지는 게 아니겠어요? 저는 생각했어요.

'내게 못되게 군 게 미안해서 그러나? 참 별일이네. 한 번도 그런 적이 없었는데……'

하지만 결국 그런 별일이 일어난 게 아니었어요. 그녀는 자기 일 말고는 결코 신경 쓰지 않던 사람이었고 이번에도 결국 그랬던 거예요. 이윽고 아가씨가 입을 열었어요.

"아, 넬리 어떻게 하지? 너무 힘들어. 정말 어떻게 해야 할지 모르겠어. 넬리, 비밀 지켜줄 수 있어? 꼭 지켜야 돼."

저는 좀 심술이 나서 말했어요.

"꼭 지켜야 해요?"

"그래, 꼭 지켜야 해. 넬리를 믿고 말해줄게. 오늘 에드거 린턴이 내게 청혼했어. 그리고 나는 받아들였어. 넬리, 내가 잘못한 거야?"

"그럼요. 그런 추태를 부린 여자에게 청혼하다니, 정신 나간 사람 아니에요? 그런 사람 청혼을 어떻게 받아들여요?"

그랬더니 그녀가 얼굴을 잔뜩 찌푸리며 말했어요.

"넬리, 자꾸 그럴 거야? 나 지금 정말 진지하단 말이야. 빨리 내가 잘한 건지 아닌지 똑바로 말하란 말이야!"

"생각할 게 한두 가지가 아니지요. 우선, 아가씨, 그 남자를 사랑해요?"

"당연히 사랑하지."

"하지만 왜 그를 사랑하지요? 그가 미남이고 젊고 명랑한 데다 부자라서 사랑하나요? 그분이 아가씨를 사랑하니까 사랑하나요? 하지만 이 세상에는 그보다 잘생기고 부자인 젊은이가 수두룩해요. 게다가 언제까지나 젊을 수도 없고 언제까지나 부자이리라는 보장도 없잖아요. 그런데 왜 하필 그를 사랑하는 거지요?"

"지금 내 주변에는 그런 사람이 그이밖에 없잖아. 그리고 지금 잘생겼고 부자면 됐지, 뭐가 어쨌다는 거야? 그런 정신 나간 소리는 제발 그만해."

"그럼 됐네요. 린턴 씨랑 그냥 결혼하세요."

"넬리가 해라 말라 할 문제가 아니야. 이미 결혼하기로 했다니까. 그러니 잘했는지 못했는지 그것만 말해달라는 거야."

"잘한 일이지요. 아가씨는 이 엉망인 집을 떠나 돈 많고 화목한 집에서 살게 될 텐데요. 아가씨는 지체 높은 가문에 들어가게 되는 건데요. 게다가 에드거 린턴 씨는 아가씨를 사랑하고 아가씨는 그분을 사랑하는데 문제 될 게 뭐 있어요?"

아가씨가 한 손으로는 이마를, 다른 한 손으로는 가슴을 치면서 대답했어요.

"여기, 여기! 이게 문제란 말이야! 내 영혼이 있는 곳! 내 영혼인지, 내 심장인지, 이게 내가 잘못하는 거라고 말하고 있단 말이야!"

아가씨는 점점 더 슬프고 심각한 표정을 짓더니 모은 손을 바들바들 떨기 시작하더군요. 아가씨가 다시 말했어요.

"넬리, 만일 내가 천국에 가더라도 나는 비참할 것 같아."

"천국에 들어갈 자격이 없으니 당연하지요. 죄인들이 천국에서 살면 불행할 건 당연하잖아요."

그녀가 웃기 시작했어요.

"내가 전에 천국에 사는 꿈을 꾼 적이 있어. 웃기지? 그런데 거긴 정말 내가 있을 곳이 아닌 것 같더라. 그래서 제발 세상으로 돌려보내달라고 애절하게 빌면서 울었어. 그랬더니 화가난 천사들이 나를 '폭풍의 언덕' 꼭대기 히스 풀밭으로 집어 던졌어. 나는 너무 기뻐서 엉엉 울다가 잠에서 깬 거야. 맞아. 나는 천국에서는 살 수 없는 사람이야. 마찬가지로 에드거 린턴의 집에도 들어갈 수 없는 사람이야. 만일 우리 집의 저 고약한 인간이 히스클리프를 저 꼴로만 만들어놓지 않았다면 이런 생각은 꿈에서도 안 했을 거야. 내가 지금 히스클리프와 결혼한다면 나도 똑같이 천해지는 거야. 그런 일은 있을 수 없어. 그러니 넬리, 히스클리프는 내가 자기를 사랑한다는 걸 알면 절대로 안 돼. 넬리, 내가 그를 사랑하는 건 그가 잘생겨서가 아니야. 그는 나 이상으로 나 자신이기 때문이야. 우리들의 영혼이 무엇으로 빚어진 건지는 잘 모르겠지만 그의 영혼과 내 영혼은 너무 비슷해. 에드거의 영혼은 마치 달빛이 번개와 다르고, 서리와 불길이 서로 다른 것처럼 우리의 영혼과는 달라.”

그녀의 이야기가 끝나기 전에 저는 히스클리프가 주방 안에 있다는 걸 알아차렸어요. 무슨 움직임 비슷한 게 느껴지기에 슬쩍 고개를 돌려보니 소파에 앉아 있던 히스클리프가 슬며시 방에서 나가는 거예요. 그는 히스클리프와 결혼하면 자기도 천해지는 거라는 아가씨 말씀을 듣고 그 뒷이야기는 듣지 않은 채 밖으로 나간 거지요. 캐서린 아가씨는 바닥에 앉아 있었기에 그가 나가는 걸 알아채지 못했어요.

아가씨가 제게 말했어요.

“히스클리프는 아무것도 모르겠지? 사랑한다는 게 어떤 건지도 모를 거야. 그렇지 않아?”

“아니, 아가씨가 아는 걸 그가 왜 몰라요? 그가 아가씨를 사랑한다면 아가씨와 린턴 씨와 결혼하는 날 그는 모든 걸 잃게 되는 셈이에요. 우정도, 사랑도! 아가씨는 그와 헤어진다는 걸 감당할 수 있을지 생각해봤어요? 이 세상에 완전히 홀로 남아버려진 신세가 된다는 걸 그가 어떻게 감당할 수 있을지 생각해봤어요?”

아가씨가 화난 듯 말했어요.

"아니야, 절대로 그럴 리 없어! 그와 나는 헤어지지 않아! 린턴 성을 가진 사람들을 몽땅 이 세상에서 사라지게 하더라도 그를 저버릴 수는 없어! 그렇게는 못 해! 그렇게는 안 할 거야! 그와 헤어져야만 한다면 린턴 부인 노릇도 안 할 거야. 그는 앞으로도 이제까지처럼 여전히 내게는 소중할 거야. 에드거가 그를 싫어하지 않게 만들 거야. 만일 싫다고 해도 그를 받아들이게 할 거야. 넬리, 네가 나를 정말 이기적이라고 생각하리란 걸 나도 다 알아. 하지만 생각해봐. 내가 히스클리프랑 결혼하면 둘 다 거지꼴이 될 거야. 하지만 내가 린턴 부인이 되면 히스클리프가 잘되도록 에드거가 도와줄 수 있어. 그리고 오빠 손에서 벗어나 살게 해줄 수도 있어."

"아가씨 남편 돈으로요? 아가씨가 린턴 씨와 결혼하려는 이유 중 가장 최악이로군요."

"그렇지 않아. 이게 최선이야! 다른 이유는 모두 에드거나 나를 위한 거였지만 이건 히스클리프를 위한 거야. 히스클리프가 고통을 겪게 되는 것, 그게 내게 가장 큰 고통이야. 내가 살아가야 할 가장 큰 이유는 바로 그 사람이야. 에드거를 향한 내 사랑은 나뭇잎 같은 거야. 계절 따라 바뀌듯이 그를 향한 내 사랑도 바뀌리라는 걸 나는 잘 알고 있어. 하지만 히스클리프를 향한 내 사랑은 땅에 굳건히 박혀 있는 바위 같은 거야. 눈에 보이는 기쁨을 주지 않지만 없어서는 안 되는 그런 거. 넬리, 내가 바로 히스클리프야! 그 사람은 언제고, 언제고 내 영혼 속에 있어. 기쁨으로 존재하는 게 아니야. 바로 나 자신으로 존재하는 거야. 그러니 그와 헤어진다는 건 도저히 있을 수 없어."

그녀는 말을 다 맺지 못하고 제 옷자락에 얼굴을 묻었습니다. 하지만 저는 그녀를 밀쳐냈습니다. 이런 미친 짓을 더 이상 참아낼 수가 없었기 때문이에요.

"아가씨의 말도 안 되는 소리를 듣자 하니, 이런 생각밖에는 안 드네요. 아가씨는 결혼에 따르는 의무가 어떤 건지 전혀 모르는 여자거나, 아니면 기본적으로 품행이 단정치 못하고 방종한 여자라는 것. 암튼 더 이상 비밀을 지켜준다는 약속은 못 하겠어요."

저는 매몰차게 쏘아준 후 저녁을 준비하겠다며 아가씨 곁을 떠났어요. 그사이 그녀가 헤어턴을 돌봐주었지요.

이윽고 저녁 식사 시간이 되었어요. 히스클리프의 모습이 보이지 않았어요. 제가 캐서린 아가씨 귀에 대고 슬쩍 히스클리프가 우리 이야기를 엿들은 것 같다고 말해주니까 그녀는 펄쩍 뛰더니 안절부절못했어요. 아가씨는 조셉과 저에게 그를 찾으라고 난리법석이었어요. 하지만 어디에서도 그의 모습을 찾을 수 없었지요. 조셉이 너무 어두워 찾을 수 없다며, 그놈이 제 발로 기어들어올 때까지 기다리는 수밖에 없다고 말했어요. 아닌 게 아니라 여름밤치고는 너무 어두워서 더 이상 찾으러 나설 수도 없었어요. 곧 천둥이 칠 것 같은 날씨였어요.

우리는 자정 무렵까지 히스클리프가 돌아오길 기다리며 깨어 있었어요. 그 무렵부터 폭풍우가 '폭풍의 언덕'을 강타했지요. 벼락을 맞아서인지 아니면 바람 때문인지 집 밖 모퉁이에 있던 커다란 나무 한 그루가 쓰러지면서 굴뚝 한 부분이 무너져 내렸어요. 정말로 천벌이 내린 것 같았답니다. 남들의 불행을 봐야 기운이 나는 조셉은 성경 구절을 되뇌며 회개하라고 외쳐댔고요.

우리는 모두 무서워 집 안에 꼼짝도 못 하고 있었지만 캐서린 아가씨는 숄도 걸치지 않은 채 휘몰아치는 폭풍우를 맞으며 그대로 밖에 서 있었어요. 우리는 버티는 아가씨를 억지로 안으로 끌고 들어왔어요. 저는 온몸이 흠뻑 젖은 아가씨에게 옷을 갈아입으라고 했지만 그녀는 막무가내였어요. 할 수 없이 저는 그녀를 내버려둔 채 꼬마 헤어턴을 데리고 잠자리로 갈 수밖에 없었어요.

다음 날 아침, 평소보다 조금 늦게 주방으로 내려가니 캐서린 아가씨가 벽난로 앞에 앉아 있는 게 보였어요. 어제부터 한숨도 자지 않은 채 꼼짝 않고 있었던 거예요. 그때 힌들리 주인님이 주방으로 들어서며 하루 사이에 초췌해진 동생의 모습을 보고 말했어요.

"꼴이 그게 뭐냐? 꼭 물에 빠진 생쥐 모양을 하고서……."

우리는 히스클리프가 사라졌다는 말을 하고 싶지 않아 그냥 아무 말도 없이 있었어요. 힌들리 주인님은 아가씨 손목을 잡더니 소리쳤어요.

"이런 병이 난 게로군. 어쩌자고 이렇게 비를 맞은 거야?"

그러자 옆에 있던 조셉이 거들었어요.

"사내놈 꽁무니를 쫓아 나간 모양이지요. 그런 게 어디 하루 이틀인가요? 나리, 나리만 없다 하면 린턴 그 고양이 자식이 슬금슬금 내려온다 이겁니다. 그러는가 하면 그 히스클리프 녀석이랑 밭두렁을 싸돌아다니기도 하고."

캐서린 아가씨가 소리를 질렀어요.

"입 닥치지 못해! 감히 누구한테! 오빠, 어제 에드거 린턴이 왔던 건 사실이야. 오빠가 취했기에 그냥 가라고 했어."

그러자 이번에는 힌들리 주인님이 소리쳤어요.

"누굴 바보로 알고 그따위 거짓말을 둘러대는 거냐! 그건 그렇고 어젯밤에 히스클리프 녀석하고 비 맞으며 돌아다닌 거지? 생각 같아서는 당장 모가지를 꺾어놓고 싶지만 어제 놈에게 신세를 졌으니 당장 내쫓는 걸로 그치겠다."

아가씨가 흐느끼며 말했어요.

"오빠, 나는 어젯밤에 그 애를 보지도 못했어. 그 애를 쫓아내면 나도 이 집을 나가버릴 거야. 하지만 오빠는 그 애를 쫓아내지 못할걸. 벌써 집을 나가버렸단 말이야."

캐서린 아가씨가 울음을 터뜨리더니 뭐라고 몇 마디 더 했지만 무슨 소리인지 알아들을 수가 없었어요. 힌들리 주인님는 몇 마디 위협적인 말을 던지더니 "당장 내 눈앞에서 꺼져버려!"라고 고함을 쳤어요.

저는 억지로 캐서린 아가씨를 방으로 데리고 올라갔어요. 그런데 방에 들어서자마자 아가씨가 보여준 행동은 정말 평생 잊지 못할 정도로 무시무시했어요. 아가씨가 미친 게 아닌지 의심이 들 정도였어요. 마구 소리를 지르고 아무 거나 집어 던지고…… 저는 조셉에게 의사를 불러달라고 했어요.

한걸음에 달려온 의사는 그게 정신착란의 시초라고 진단을 내렸어요. 의사는 혼자 두면 창문에서 뛰어내릴 위험이 있으니 단단히 감시하라고 이르고 돌아갔어요. 게다가 전염성이 심한 열병에 걸렸으니 주위 사람들도 조심하라고 했어요.

제가 정성 들여 간호했다고 할 수는 없겠지만 어쨌든 아가씨 병세는 조금씩 호전되었어요. 그사이 린턴 부인이 가끔 방문해서 이런저런 지시도 하면서 아가씨 병세를 살펴보았지요. 아가씨가 회복기에 접어들자 부인은 그녀를 스러시크로스 그레인지로 데려가 돌보겠다고 했어요. 짐을 던 우리로서야 정말 다행이었지만 한쪽의 행운은 다른 쪽에서는 불행으로 나타나기 마련인가봐요. 딱하게도 부인은 그렇게 호의를 베푼 것을 후회할 수밖에 없게 된 거예요. 글쎄, 린턴 부부에게 아가씨의 열병이 옮아서 두 분 모두 세상을 떠나게 되었으니까요.

얼마 후 아가씨가 집으로 돌아왔어요. 그런데 전보다 더 건방지고 신경질적이 되어 돌아왔답니다. 시간도 늦었으니 아주 간단하게 그 뒤의 일을 이야기해드리겠어요.

그 뒤로 히스클리프 소식은 전혀 들을 수 없었답니다. 완전히 태도가 바뀐 캐서린 아가씨는 이제 저와 조셉을 완전히 하인 대하듯 했지요. 힌들리 주인님은 은근히 그걸 즐기는 것 같았어요. 겉으로는 아직 완쾌되지 않은 캐서린 아가씨의 비위를 맞춰준다는 명분을 내세우고 있었지만 하인 신분인 우리와 무람없이 지내는 게 거슬리기도 했던 거지요. 게다가 그는 캐서린 아가씨 덕분에 자기 가문이 린턴 가문과 맺어지는 영광이 있기를 간절히 바라고 있었답니다.

그리고 드디어 그의 바람은 결실을 보았어요. 사랑에 눈이 먼 에드거 도련님 덕분이지요. 그가 얼마나 사랑에 눈이 멀었던 사람인가 하면, 물론 사랑에 눈이 멀면 다들 그렇겠지만요, 결혼식을 치르려고 캐서린 아가씨를 기머턴 교회로 데려가는 날, 자기가 이 세상에서 제일 행복한 사람이라고 생각했답니다. 저는 아가씨를 따라 이곳 스러시크로스 그레인지로 거처를 옮길 수밖에 없었어요. 정이 들 대로 든 다섯 살 난 헤어턴 곁을 떠나는 게 죽기보다 싫었지만 어쩔 수 없었어요. 그날 이후 헤어턴 도련님과는 생판 남이 되어버렸답니다.

어느새 시곗바늘이 새벽 1시 반을 가리키고 있었다. 딘 부인은 이야기를 더 해달라는 나를 남겨두고 자기 방으로 갔다. 나도 고단했기에 나머지 이야기는 나중에 듣기로 하고 잠자리에 들었다. 머리도 아프고 사지가 쑤셨지만 겨우겨우 자리에 누워 잠들 수 있었다.

제10장

속세를 버리고 숨어 지내겠다고 하더니, 참으로 멋진 서곡이 열린 셈이로구나! 참기 어려운 육체적 고통, 심리적 동요에 병까지 얻어 4주를 지내다니! 게다가 의사는 봄이 오기 전까지는 외출을 말라는 선고를 내렸으니 진정 수도자의 자세가 갖추어졌도다!

내게는 책을 읽을 기운은 없었지만 재미있는 이야기를 들을 정도의 기운은 있었다. 어찌 딘 부인을 불러 이야기를 마저 해 달라고 하지 않을쏘냐?

약병을 들고 와서 약을 잘 챙겨 먹으라고 잔소리하는 딘 부인에게 내가 말했다.

"알았어요, 알았어. 자, 그 약병일랑 좀 놔두고 이리 와서 앉아요. 어서 뜨개질감이나 주머니에서 꺼내요. 옳지! 자, 어서 히스클리프 씨 이야기나 계속해줘요. 궁금해 죽겠소."

"고단하시지 않겠어요? 오늘 몸은 좀 어떠세요?"

"많이 좋아졌소."

"다행이네요. 그렇다면 심심풀이 삼아 이야기해드리겠어요."

그녀는 이야기를 계속했다.

제가 캐서린 아가씨와 함께 스러시크로스 그레인지로 옮겼다는 말씀은 이미 드렸지요? 그런데 저는 캐서린 아가씨, 아참, 이제는 캐서린 마님이라고 해야겠네요, 캐서린 마님에게 기분 좋은 실망감을 느꼈어요. 제가 생각했던 것보다는 행동거지가 훨씬 조신했던 거예요. 그녀는 남편을 지나칠 정도로 사랑하는 것 같았고 시누이에게도 정말 잘해주었답니다. 이들도 그녀를 편하게 해주려고 세심하게 마음을 썼고요. 에드거 주인님은 마님의 성질을 건드리는 것을 두려워하는 것 같았어요. 하인들이 마님에게 뭔가 불만이 있어 싫은 낯이라도 하면 금세 미간을 찌푸리며 언짢아하셨어요. 제가 마님에게 건방지게 구는 모습을 보고도 여러 번 꾸중하셨고요. 친절하고 마음씨 좋은 나리를 속상하게 만들기 싫어서 저도 조심하게 되었답니다.

가끔 마님은 한없이 우울해질 때가 있었답니다. 그러면 나리가 말없이 조심스럽게 그녀를 배려해주었어요. 그 몹쓸병으로 인해 생긴 후유증으로 생각한 거지요. 제가 '이들은 앞으로 언제까지나 그렇게 행복하게 지내겠구나'라고 생각할 정도로 평온한 나날이 흘러갔어요.

하지만 이런 행복은 곧 깨지고 말았답니다.

9월 어느 조용한 저녁 무렵이었어요. 저는 과수원에서 딴 사과를 바구니에 담아 돌아오던 중이었지요. 날은 이미 어두웠고 달빛을 받아 건물 윤곽만이 희미하게 보였어요. 바구니가 제법 무거워서 주방 계단에 내려놓고 막 허리를 펴려 했을 때였어요. 제 등 뒤에서 누군가 저를 부르는 소리가 들렸어요.

"거기, 넬리 아냐? 맞지, 넬리지?"

뒤를 돌아보니 현관에서 무언가 움직이는 게 보였습니다. 제가 앞으로 조금 걸어가서 보니 키가 큰 남자라는 걸 알아볼 수 있었습니다.

그가 제게 말했어요.

"나를 못 알아보겠어? 여기서 한 시간이나 기다렸어."

달빛에 그의 얼굴이 드러났어요. 해쓱한 뺨에 검은 구레나룻이 얼굴의 반을 덮고 쑥 들어간 눈이 빛나고 있었어요. 저는 그 눈을 또렷이 기억하고 있었지요.

제가 소리쳤어요.

"어머나, 히스클리프! 정말 너 맞아? 정말 돌아온 거야?"

"그래, 히스클리프야. 내가 돌아왔어."

그 말을 하면서 그는 창문 쪽으로 시선을 옮겼어요. 안에서 불빛은 새어 나오지 않았어요.

그가 다시 말했어요.

"다들 집 안에 있나? 그녀는 어디 있어? 여기 없어? 말해봐. 그녀에게 할 말이 있어서그래. 네 여주인 말이야. 어서 가서 전해. 기머턴에서 누군가 그녀를 보러 왔다고."

"마님이 어떻게 받아들일까? 놀라서 미쳐버릴 거야. 그런데 너 정말 히스클리프 맞아? 너무 많이 변했어!"

"가서 내 말이나 전해줘."

히스클리프가 조바심이 난 듯 제 말을 잘랐습니다. 저는 떠밀리듯 엉겁결에 안으로 들어갔어요. 방으로 들어가니 부부는 창가에 조용히 앉아서 창문을 통해 저 멀리 기머턴 골짜기를 바라보고 있었답니다. 저도 눈길을 그리로 돌렸어요. '폭풍의 언덕'은 그 골짜기 위에 높이 솟아 있었습니다.

그들이나 그들이 바라보고 있는 풍경이나 너무나 평화롭게 보였어요. 저는 제가 떠맡은 일을 한다는 게 너무 싫어졌어요. 그 평화를 깨기가 싫었던 거지요. 그냥 촛불이 어떻다는 둥 몇 마디 핑곗거리 말을 하고 그냥 나와야겠다고 생각했어요. 그런데 무슨 바보 같은 생각에서였는지 그만 그들 앞으로 가서 우물우물 말을 하고 말았어요.

"저, 기머턴에서 오신 분이 마님을 뵙자고 해요."

그러자 마님이 물었어요.

"누군데? 무슨 일인데?"

"왜 그러는지는 물어보지 않았어요."

캐서린 마님이 자리에서 일어나며 말했어요.

"알았어. 넬리, 커튼 좀 쳐줄래? 그리고 차 좀 갖다줘. 금방 돌아올게."

그녀가 방을 나가자 에드거 주인님이 누가 왔느냐고 별생각 없이 제게 물었어요.

"마님이 전혀 생각지도 못했던 사람일 거예요. 히스클리프 씨입니다."

주인 나리가 자리에서 벌떡 일어나며 말했어요.

"뭐야! 그 집시 일꾼! 왜 캐서린에게 사실대로 말하지 않은 거야!"

그러더니 주인님은 마당이 내려다보이는 창가로 갔어요. 그는 창문을 열고 바깥을 향해 몸을 기울였어요. 그가 밖을 향해 큰 소리로 말한 걸로 보아 바로 밑에 히스클리프와 마님이 있었던 것 같아요.

"여보, 캐서린! 안으로 들어와요. 귀한 손님이면 함께 모시고 들어와요."

얼마 지나지 않아 빗장 여는 소리가 들리더니 캐서린 마님이 방으로 뛰어들어왔어요. 숨을 헐떡이고 너무 흥분해 있어서, 기뻐한다기보다는 무슨 큰 변고라도 당한 사람 같았어요. 방으로 들어온 그녀가 두 팔로 남편의 목을 끌어안으며 소리쳤어요.

"오, 에드거, 에드거! 히스클리프가 돌아왔어요. 정말로 그가 돌아왔단 말이에요!"

그녀의 남편이 불쾌한 투로 말했어요.

"자, 자, 좀 진정해. 내가 목이 졸려 죽겠군! 그 사람이 뭐 그리 대단하다고! 이렇게 미친 것처럼 날뛸 필요는 없잖아."

캐서린 마님은 기쁨을 억누르려고 애쓰며 말했습니다.

"당신이 히스클리프를 좋아하지 않는다는 건 알아요. 하지만 저를 생각해서라도 좀 친절하게 대해주세요. 그에게 올라오라고 할까요?"

"어디로? 여기 응접실로? 여긴 그에게 어울리지 않아요. 주방이라면 모를까."

캐서린 마님은 남편을 묘한 표정으로 바라보았어요. 반쯤은 화가 난 것 같았고 반쯤은 남편의 그런 과민 반응을 비웃는 것 같았어요.

캐서린 마님은 잠시 말없이 있더니 입을 열었어요.

"안 돼요. 그 사람을 주방에서 맞을 수는 없어요. 넬리, 여기 응접실에 테이블을 두 개 마련해줄래? 하나는 네 주인님과 이사벨라가 앉을 거고 다른 하나는 나나 히스클리프처럼 천한 것들이 앉아야 하니까. 여보, 그러면 되겠지요?"

말을 마친 그녀는 급히 응접실에서 나가려 했어요. 그러자 나리가 그녀를 막았어요. 그러고는 제게 말했어요.

"넬리, 내려가서 손님을 모시고 와. 그리고 여보, 기뻐하는 건 좋지만 너무 지나치지는 말아요. 도망갔던 머슴을 마치 오빠처럼 반기는 모습을 온 집안에 다 보일 필요는 없지 않소."

내가 아래로 내려가자 히스클리프는 현관 앞에서 초조하게 기다리고 있었습니다. 그는 말없이 제 뒤를 따라 주인님과 마님이 계신 응접실로 들어왔습니다. 그가 들어서자 마님은 그에게 달려와 두 손을 잡더니 에드거 주인님 쪽으로 끌고 갔습니다. 그러고는 별로 내켜하지 않는 주인님 손을 잡고 억지로 악수를 시켰어요.

램프 불빛이 환하게 밝히는 방으로 들어오니 히스클리프의 모습이 똑똑히 보였어요. 달빛 아래서는 잘 알아보지 못했는데 그는 정말 놀랄 정도로 변해 있었어요. 그는 건장한데다 운동으로 다져진 몸매에 키도 컸습니다. 그에 비하면 주인님은 훨씬 가냘프고 앳돼 보였지요. 생김새나 표정도 주인님보다는 훨씬 성숙해 보였고, 과거의 무지했던 흔적은 어디론가 사라지고 아주 총명해 보였어요. 그 우울해 보이는 눈썹과 눈동자에는 이전의 야만적이고 난폭한 흔적이 남아 있는 것 같기도 했지만 전처럼 노골적으로 드러나는 않았어요. 태도는 여전히 뻣뻣했지만 천박하다기보다는 오히려 위엄이 엿보일 정도였어요.

그의 모습을 보고 주인님은 저보다도 더 놀란 것 같았어요. 조금 전에 집시 일꾼이라 불렀던 그를 어떻게 불러야 할지 몰라서 망설이는 모습이 역력했으니까요. 주인님이 마침내 그에게 앉으라고 정중하게 말할 때까지 히스클리프는 그를 차갑게 바라보고만 있었습니다.

주인님이 다시 말했어요.

"아내가 옛정을 생각해서 당신을 정중하게 맞이하라더군요.

아내를 즐겁게 하는 일이라면 나도 기쁘게 받아들입니다."

"저도 마찬가지입니다. 특히 제가 일조를 할 수 있는 일이라면 두말할 필요가 없겠지요. 그럼, 한두 시간 폐를 끼치도록 하겠습니다."

그 말과 함께 그는 마님의 맞은편 자리에 앉았습니다. 캐서린 마님은 마치 다른 곳을 바라보면 그가 사라지기라도 할 듯 그를 뚫어져라 바라보았지만 그는 마님을 가끔 흘낏 쳐다볼 뿐이었습니다.

하지만 그렇게 가끔 마주치는 눈길만으로도 충분했습니다. 그는 마님의 시선에서 더할 수 없는 기쁨의 표시를 읽었습니다. 그리고 그의 눈길은 점점 더 대담해졌습니다. 그는 마님의 시선에서 뿜어져 나오는 기쁨을 한껏 빨아들이고는 은밀하게 그 기쁨을 자신의 눈에 담아 되돌려 보냈습니다. 하지만 은밀한 것도 잠깐, 두 사람은 행복감에 도취한 나머지 아무런 거리낌 없이 기쁨을 나누게 되었습니다.

반면에 에드거 주인님은 불쾌감으로 얼굴이 점점 더 창백해졌습니다. 마님이 일어나서 히스클리프에게 다가가 그의 손을 잡으며 정신 나간 듯이 웃어대자 주인님의 불쾌감은 절정에 달했습니다.

마님이 웃으면서 말했어요.

"내일이면, 오늘 일이 다 꿈만 같을 거야. 하지만 잔인한 히스클리프! 당신은 이렇게 환영받을 자격이 없어. 3년 동안 살아 있다는 소식도 전하지 않은 채, 내 생각도 안 한 채 지내다니!"

그러자 히스클리프가 속삭였어요.

"당신이 나를 생각한 것 이상으로 내가 당신을 생각했을걸. 당신이 결혼했다는 것도 얼마 전에야 알게 된걸. 사실 좀 전에 마당에서 기다리고 있을 때도 당신이 이렇게까지 반겨주리라고는 생각하지 못했어. 그냥 잠깐 당신 얼굴이나 보고 가려던 거였는데. 그런 후 힌들리에게 진 빚을 갚아주려 했지. 그런데 당신이 이렇게 반가워해주니 생각이 바뀌었어."

그날 밤, 그 예기치 않던 손님은 채 한 시간도 머물지 않고 자리에서 일어났어요. 저는 그를 배웅하면서 기머턴으로 갈 것이냐고 물었어요. 그가 대답했어요.

"아니. '폭풍의 언덕'으로 갈 거야. 내가 오늘 아침 힌들리를 방문했을 때 그가 나를 초대했어."

언쇼 주인님이 그를 초대하다니! 저는 그가 떠난 후 그가 남긴 말을 불안감에 젖어 곱씹어보았습니다. 그리고 그가 돌아오지 않는 게 나았을 것이라는 예감에 몸을 떨었습니다.

그날 밤, 제가 막 잠이 들려던 순간이었어요. 캐서린 마님이 살그머니 제 방으로 들어오더니 제 머리카락을 잡아당겨 저를 깨우는 바람에 풋잠에서 깨어나고 말았어요. 마님은 잠에서 깨어 일어난 저를 보고 미안하다는 말 대신 이렇게 말했어요.

"넬리, 잠이 오지 않아. 에드거는 너무 불평이 많아. 내가 히스클리프 칭찬 좀 했다고 훌쩍거리지 않겠어? 말로는 머리가 아파서 그렇다나. 그래서 자리에서 일어나 나와버렸어."

"아니, 주인님께 히스클리프 칭찬을 왜 한 거예요? 두 분은 어릴 때부터 서로 싫어하던 사이 아니었어요? 공연히 문제 일으키지 않으려면 다시는 나리 앞에서 히스클리프 이야길랑 하지 말아요."

"상관없어. 에드거가 나를 얼마나 사랑하는데! 설사 내가 그를 죽이려 한다 해도 내게 복수할 생각조차 안 할걸."

저는 캐서린 마님에게, 주인님이 마님을 그토록 사랑하시니 그만큼 더 주인님을 생각해드려야 하지 않겠냐고 충고했어요. 그러자 그녀가 말하더군요.

"내가 안 그런 거 같아? 나 그렇게 하면서 살고 있어. 에드거가 별일도 아닌 거 가지고 질질 짜잖아! 너무 어린애 같지 않아? 히스클리프에게도 그이를 싫어할 만한 충분한 이유가 많

아. 그런데 그는 얼마나 점잖게 처신했어?"

저는 화제를 돌렸어요.

"그런데 히스클리프가 '폭풍의 언덕'으로는 왜 간 거예요? 개과천선한 건가요? 독실한 신자처럼 원수에게 화해의 손길을 내민 건가요?"

"내가 그 이유를 알아. 그가 얘기해주었어. 그가 처음 거기를 찾아간 건 넬리를 만나기 위해서였대. 네가 아직 거기 있는 줄 안 거지. 너를 만나서 내 소식을 들으려 한 거래. 거기서 그는 조셉을 만났대. 조셉이 안에 들어가서 자기가 왔다는 이야기를 전하니까, 오빠가 나오더래. 오빠는 그동안 어떻게 지냈느냐고 묻더니 글쎄 안으로 들어오라고 했다는 거야. 히스클리프가 오빠를 따라 안으로 들어갔더니 몇 사람들이 둘러앉아서 노름을 하고 있었다는 거야. 히스클리프도 그 판에 끼어서 노름했대. 그런데 오빠가 돈을 잃고 그가 딴 거야. 그리고 그의 주머니가 두둑한 것을 보고는 오늘 저녁에 또 오라고 했다는 거야. 사실 힌들리 오빠는 사람들을 너무 가리지 않고 막 사귀는 게 문제야. 자기가 이전에 누군가에게 못된 짓을 했다면 자기가 그 사람과 가까이 지내야 하는지 아닌지 좀 생각해보는 게 정상이잖아? 그런데 오빠는 그걸 못 해. 귀찮아서야. 히스클리프가, 자기를 그토록 못살게 굴던 사람과 다시 가깝게 지내려고 하는 데는 이유가 있어. 내게 다 솔직히 말해주었어. 그레인지에서 걸어다닐 만큼 가까운 곳에 있으면서 나를 자주 보고 싶어서래. 기머턴에 살면 내가 자주 가볼 수 없으니까 '폭풍의 언덕'에 방을 하나 얻기 위해서라는 거야. 히스클리프가 방세는 얼마든지 줄 작정이라니까 욕심쟁이 힌들리 오빠는 받아들일 거야."

저는 걱정이 돼서 말했어요.

"아니, 혈기 왕성한 젊은 청년이 그런 데서 살다니! 캐서린 마님, 둘 사이에 무슨 일이 벌어질지 앞일이 걱정되지도 않으세요?"

"히스클리프 처지에서야 걱정할 게 없을 거야. 똑똑한 사람이니 얼마든지 위험을 피할 수 있겠지. 사실 오빠는 좀 걱정이야. 하지만 정신적으로 오빠는 더 망가질 게 없이 갈 데까지 간 사람이야. 그리고 내가 있는데 설마하니 오빠 몸에 무슨 해를 가하겠어? 어쨌든 오늘 있었던 일 때문에 나는 하나님과도, 사람들과도 화해하게 됐어. 옛날에는 하나님 원망을 참 많이 했는데…… 아아, 넬리, 사실 그동안 난 많이 괴로웠어. 저이는 그걸 몰라. 그러니까 저렇게 아무것도 아닌 일로 심통을 부리는 거지. 하지만 다 지나간 일이야. 앞으로는 무슨 일이라도 참아 낼 수 있어. 그 증거로 지금 당장 에드거에게 가서 화해할 수 있어. 잘 자!"

캐서린 마님은 그렇게 기분 좋게 확신하면서 제 방을 나갔어요. 그리고 다음 날 보니 그녀가 성공한 것을 알 수 있었지요. 에드거 주인님 얼굴에서 침울한 표정은 싹 사라져버렸고, 심지어 캐서린 마님이 이사벨라 아가씨와 함께 '폭풍의 언덕'에 다녀오겠다고 했는데도 아무 반대도 안 하시는 거예요. 캐서린 마님은 그 보답으로 주인 나리에게 감미롭고 애정에 찬 여름날을 보낼 수 있게 해주었고 덕분에 며칠 동안 집안은 평화롭기 그지없는 천국이 되었답니다.

히스클리프는 처음부터 마음 놓고 스러시크로스 그레인지에 드나들지는 않았어요. 무척 신중했지요. 자기가 그곳에 손님 자격으로 방문하는 것을 주인이 어느 정도 선에서 받아들일지 서서히 가늠해보기 위해서였습니다. 캐서린 마님도 그가 왔을 때, 자신의 기쁨을 겉으로 함부로 드러내지 않았어요. 시간이 어느 정도 흐르자 그는 스러시크로스 그레인지에 스스럼없이 드나들 수 있는 손님 자격을 획득했어요. 에드거 주인님의 불안도 가라앉는 것 같았어요. 그런데 이번에는 다른 쪽에서 나리를 걱정스럽게 만드는 일이 터지고 말았어요. 정말 예기치도 못했 던 걱정거리였어요.

그건 바로 나리의 여동생 이사벨라 아가씨 때문에 생긴 거였 지요. 그만 그녀가 갑자기 히스클리프를 열렬하게 사랑하게 된 거예요. 그때 그 매혹적인 아가씨의 나이가 열여덟이었어요. 누 이동생을 극진히 사랑하던 에드거 주인님은 이런 어이없는 일 이 벌어진 데 대해 경악할 수밖에 없었지요. 도무지 상상할 수 도 없는 일이었거든요.

정말 어처구니가 없었어요. 동생이 태생도 모르는 남자와 결혼해서 가문의 명예가 떨어지는 것도 문제였어요. 또한 주 인 나리에게 아들이 생기지 않으면 그 뿌리 없는 자가 상속자 가 될 수도 있었어요. 하지만 그런 건 다 넘길 수 있는 문제였 답니다. 에드거 주인님은 히스클리프란 인간이 어떤 기질을 지 닌 사람인지 다 간파하고 있었던 거예요. 외모는 그럴듯해졌는 지 몰라도 그 마음속 바탕은 바뀔 수 없으며 바뀌지도 않았다 는 것을 알고 있었지요. 그에게는 히스클리프의 본바탕이 두렵 기도 했고 역겹기도 했어요.

그런데 이 사랑이 이사벨라 아가씨의 일방적인 짝사랑으로 시작되었다는 걸 주인님이 알았다면 주인님의 혐오감은 훨씬 더 심했겠지요. 주인님은 이사벨라 아가씨가 히스클리프를 사랑한다는 것을 처음 알게 되었을 때, 그건 모두 그가 미리 꾸미고 저지른 범죄라고 생각했거든요.

우리는 언제부터인가 이사벨라 아가씨가 매사에 불평을 늘어놓고 심술을 부린다는 걸 알고 있었어요. 우리는 어딘가 몸이 아파서 그런가보다고 생각했지요. 실제로 그녀는 눈에 띄게 수척해갔어요.

그러던 어느 날 그녀가 아침도 안 먹겠다며 그녀의 오빠와 새언니, 하인들에 대해 온갖 불평을 다 늘어놓았어요. 캐서린 마님은 시누이에게 약간은 고압적인 자세로 얼른 침대에 가서 누우라고 명령하듯 말했어요. 그러자 이사벨라 아가씨가 자기 건강은 아무 문제없다며 뜻밖의 말을 했어요. 자기가 이러는 건 다 새언니가 자기한테 심하게 굴기 때문이라는 거예요.

안 그래도 없는 참을성에 그동안 꾹꾹 참고 있던 캐서린 마님이 드디어 폭발했어요.

"내가 심하게 굴었다고? 도대체 언제 그랬다는 거지? 어디 말해봐!"

"어제도 그랬잖아요. 우리가 들판에 산책하러 나갔을 때 새언니는 나를 따돌리고 히스클리프 씨랑 단둘이 있었잖아요!"

"아니, 그게 심하게 군 거라고? 우리가 무슨 대단한 이야기라도 나눈 줄 아는 모양이지요? 아가씨는 재미없어할 이야기라서 그런 거예요."

"내가 그이랑 같이 있고 싶어하는 걸 알면서 따돌린 거잖아요. 나도 그이랑 함께 있고 싶단 말이야!"

"아니, 아가씨, 지금 제정신인 거예요? 누구랑 함께 있고 싶다고?"

"그래, 나는 그이를 사랑한단 말이에요. 새언니가 오빠를 사랑하는 것보다 더 사랑해요! 새언니가 방해만 하지 않으면 그이도 나를 사랑할 거란 말이야!"

캐서린 마님이 갑자기 진지한 표정을 짓더니 또박또박 말했어요.

"아가씨, 나라면 한 나라 전체를 통째로 준다고 해도 아가씨처럼은 안 할 거예요."

캐서린 마님이 제게 고개를 돌리며 말했어요.

"넬리, 아가씨가 정신 좀 차리게 너도 무슨 말 좀 해봐. 그 사람이 어떤 사람인지 몰라서 이러는 거라고 말해보란 말이야. 교육을 못 받아서 얼마나 무식하고, 얼마나 세련되지도 못한데다 교양도 없는 사람인지 알려주란 말이야."

그러더니 다시 이사벨라 아가씨에게 말했어요.

"아가씨, 그는 다이아몬드가 아니에요. 진주를 품고 있는 조개가 아니라고요. 그는 사납고 무자비한 늑대 같은 사람이에요. 그는 아가씨를 귀찮다고 생각하면 곧바로 새알처럼 으깨버릴 사람이에요. 나는 그가 린턴 가문 사람을 사랑할 수 없다는 걸 잘 알고 있어요. 하지만 재산과 유산을 노리고 아가씨와 결혼할 수는 있는 사람이지요. 나는 그런 사람하고 친구인 거예요."

이사벨라 아가씨는 분노에 차서 마님을 노려보았어요.

"정말 지독해! 원수들이 한 다스로 몰려와도 새언니처럼 내게 지독하게 굴진 않을 거예요! 새언니는 순전히 언니의 이기심 때문에 나를 이렇게 힘들게 하는 거예요."

이사벨라 아가씨는 울음을 터뜨렸어요. 그러자 캐서린 마님은 "좋아, 어디 마음대로 해보시지. 내 할 일은 다 했으니까!"라고 말한 다음 밖으로 나가버렸어요.

이사벨라 아가씨가 제게 말했어요.

"새언니 말은 다 거짓말이야, 그렇지? 히스클리프 씨는 악마가 아니야. 진실하고 고결한 영혼을 지니고 있어. 그러니까 새언니를 잊지 못하는 거잖아."

저는 그녀를 설득했어요.

"아가씨, 제발 그 사람은 빨리 잊어버리세요. 그 사람은 불길한 사람이에요. 아가씨에게 어울리지 않아요. 마님이 아가씨에게 심한 말을 한 건 사실이에요. 하지만 마님은 그 누구보다 그 사람을 잘 알아요. 게다가 마님이 그 사람을 실제보다 나쁘게 말할 리가 없어요. 있는 그대로 말한 거예요. 그 사람이 어떻게 살아왔을까요? 어떻게 부자가 되었을까요? 왜 자기가 그토록 증오하는 언쇼 나리의 집에서 살까요? 아마 모든 걸 다 마님에게 말했을 거예요. 둘은 그런 사이니까요. 게다가 그 사람이 거기 살게 되면서 언쇼 나리는 점점 더 나빠지고 있다고들 해요. 매일 밤 함께 노름하고, 언쇼 나리는 자기 땅을 담보로 그에게 돈을 빌린대요. 나리는 놀고 마시는 일밖에는 하는 일이 없대요. 히스클리프는 그걸 옆에서 바라보며 즐기고 있고요. 그가 언쇼 나리를 급격히 망가뜨리고 있는 거예요."

이사벨라 아가씨가 저를 사납게 쏘아보며 말했어요.

"넬리도 다른 사람들하고 한통속이야! 나는 그런 중상모략에는 넘어가지 않을 거야. 세상에 행복이란 없다고 내게 말하고 있잖아! 나보고 불행해지라고 하는 거잖아! 정말 나쁜 사람들이야!"

다음 날 이웃 마을에 재판이 있어서 주인 나리는 거기 참석

해야 했습니다. 나리가 없는 틈을 타서 히스클리프는 평소보다 일찍 스러시크로스 그레인지로 왔답니다. 캐서린 마님과 이사벨라 아가씨는 서로에게 화가 난 채 말없이 서재에 앉아 있었어요.

히스클리프가 서재로 들어오자 캐서린 마님은 의자 하나를 벽난로 쪽으로 놓으며 큰 소리로 명랑하게 말했어요.

"어서 와, 히스클리프! 정말 잘 왔어. 드디어 나보다 당신을 더 사랑하는 사람을 소개할 수 있게 되어서 정말 자랑스러워. 어딜 보고 있는 거야? 넬리가 아냐. 이 집 작은아씨께서 당신을 사랑하고 있어. 당신 정신과 육체의 아름다움에 푹 빠져 있다니까! 당신 생각만 해도 병에 걸릴 지경인가봐. 아니, 아니, 아가씨, 어딜 가려고요? 내 이야기를 마저 들어야지요."

캐서린 마님은 화를 내며 자리에서 일어나려는 아가씨 팔을 붙잡으며 장난인 것처럼 말을 계속했어요.

"우리 시누이께서는 나를 향한 에드거의 사랑은 당신을 향한 자기의 사랑과는 비교도 되지 않는다고 말씀하시더군. 어때, 히스클리프, 기쁘지 않아?"

이사벨라 아가씨는 부끄러움에 얼굴이 빨개져 어쩔 줄 모르고 있었어요. 그녀는 정말로 괴로웠던 거지요.

히스클리프는 의자를 두 사람 쪽으로 돌리면서 말했어요.

"캐시, 무슨 말도 안 되는 소리를! 당신 말은 사실이 아니야. 지금 저렇게 나를 피해 어디론가 가려고 하잖아."

그러면서 그는 정말로 이상한 시선으로 이사벨라 아가씨를 쳐다보았어요. 마치 지네처럼 혐오스러운 동물을 단지 호기심 때문에 신기해서 쳐다보는 것 같았지요. 가엾은 아가씨는 그런 시선을 견디기 힘들어했어요. 그녀는 올케에게 잡힌 팔을 빼내려고 용을 썼어요. 하지만 캐서린 마님은 놔주지 않았지요. 아무리 해도 팔을 빼지 못하자 아가씨는 다른 손 손톱으로 캐서린 마님의 손을 할퀴었어요.

그러자 캐서린 마님이 팔을 놓아주면서 소리쳤어요.

"이런 암고양이 같으니! 어서 꺼져! 그 여우 같은 낯짝 좀 치워! 저 이 앞에서 발톱을 세우다니! 히스클리프, 당신 눈알을 조심해야겠어!"

이사벨라 아가씨가 나가자 히스클리프가 대답했어요.

"만일 내게 발톱을 세우면 내가 다 뽑아버릴걸! 그런데 캐시, 왜 그런 식으로 저 여자를 놀리는 거야? 지금 한 얘기, 전부 사실이 아니지?"

"사실이야. 몇 주 전부터 그녀가 당신 때문에 안절부절못하고 있어. 오늘 내게 다 털어놓았다니까. 자기에게서 당신을 떼어놓는다고 내게 막 욕설을 퍼붓기도 했어. 하지만 딴생각 품지 마. 난 그녀를 아끼고 있어. 당신이 저 애를 잡아먹게 내버려두지는 않을 거야."

히스클리프가 마치 하품이라도 나오는 것처럼 심드렁하게 말했어요.

"그런 일 없을 테니 안심하시길…… 저런 밀랍 인형 같은 여자와 사느니 차라리 송장하고 사는 게 낫지."

그는 잠시 가만히 있더니 다시 말했어요.

"그런데 저 여자, 오빠가 죽으면 상속자가 되는 건가?"

"그런 생각일랑 하지 마. 당신은 이웃의 재산을 지나치게 탐내는 경향이 있어. 그리고 그 이웃집 재산이 바로 내 거라는 걸 잊지 마!"

"그게 내 것이 되더라도, 캐시, 그건 당신 거나 마찬가지야. 하지만 이사벨라 린턴이 멍청하기는 해도 어디 미친 짓까지야 하겠어? 네 말대로 이제 그 이야기는 그만하자."

그런 후 두 사람은 더 이상 그 이야기를 화제에 올리지 않았답니다. 그러나 그는 그 문제를 분명 머릿속에 떠올렸던 것이 틀림없었어요. 마님이 가끔 자리를 비울 때마다 그가 슬그머니

미소를 짓는 걸 볼 수 있었으니까요. 그 무언가 불길한 상념에 잠긴 것 같은 미소였어요.

저는 이후로 히스클리프의 행동을 유심히 지켜보기로 결심했답니다. 캐서린 마님을 위해서가 아니라 주인 나리를 위하는 마음에서였어요. 저는 친절하고 믿음직스러운 주인님을 늘 존경해왔지만 캐서린 마님의 생각이나 행동은 받아들이기 어려운 게 많았거든요. 저는 제발 무슨 일이라도 생겨서 히스클리프가 '폭풍의 언덕'이나 스러시크로스 그레인지에 드나들지 않게 되기를, 그래서 그가 나타나기 전처럼 우리가 평온하게 살아갈 수 있게 되기를 간절히 바랐어요. 마치 하나님에게서 버림받은 길 잃은 양이 방황하고 있고, 악마 같은 짐승이 그 양을 잡아먹을 기회를 노리고 있는 것 같았기 때문이었지요. 그리고 그 길 잃은 양이 여러 마리라는 생각도 들었어요.

제11장

히스클리프가 다시 스러시크로스 그 레인지로 찾아왔을 때 이사벨라 아가씨는 비둘기들에게 먹이를 주고 있었어요. 그가 집으로 들어서며 아가씨를 보자마자 제일 먼저 한 행동은 집 안쪽을 쓰윽 한번 훑어보는 것이었어요. 주방 창가에 있다가 그의 모습을 본 저는 몸을 숨겼어요.

순간, 히스클리프가 아가씨에게 성큼성큼 다가가더니 뭔가 말을 걸더군요. 그녀가 고개를 돌리자 그는 재빨리 집을 다시 한 번 둘러보았어요. 아무도 보는 사람이 없는 걸 확인한 그 악당은 뻔뻔스럽게도 아가씨를 껴안았어요.

저는 저도 모르게 소리를 지르고야 말았어요.

"유다 같은 놈! 배신자! 위선자에다 사기꾼 같은 놈!"

"누구 얘기하는 거야, 넬리?"

저는 깜짝 놀라 뒤를 돌아보았어요. 캐서린 마님이었어요. 밖에 있는 두 사람에게 하도 열중해 있어서 그녀가 들어오는 소리도 듣지 못한 거지요.

저는 열을 올리며 대답했어요.

"마님의 그 훌륭한 친구 말이지요! 아, 저놈이 우리를 봤네. 얼씨구, 이리로 들어오네. 아가씨를 싫어한다고 해놓고 저렇게 건드렸으니, 도대체 무슨 소리를 늘어놓을지 궁금하네."

캐서린 마님은 아가씨가 히스클리프의 품을 빠져나가 마당으로 달려가는 것을 보았어요. 잠시 후 히스클리프가 문을 열고 들어왔어요. 저는 화가 나서 참을 수가 없었어요. 그런데 캐서린 마님이 제게 사나운 눈초리로 입 다물고 있으라며 소리쳤어요.

"누가 보면 네가 이 집 주인인 줄 알겠다. 넌 잠자코 가만히 있어!"

그녀는 히스클리프를 향해 소리쳤어요.

"히스클리프! 이사벨라를 건드리지 말라고 했지?"

히스클리프가 별일 아니라는 듯 말했어요.

"왜 이러는 거야? 저 여자가 괜찮다고 하면 나는 껴안을 권

한이 있는 거야. 당신하고는 아무 상관없는 일이야. 내가 당신 남편도 아니니 질투할 것도 없잖아."

그런데 놀랍게도 마님의 목소리가 금방 누그러졌어요.

"질투하는 게 아니야. 그렇게 인상 쓸 거 없잖아. 이사벨라가 좋다면 결혼해도 돼. 하지만 저 애가 정말로 좋은 거야? 사실대로 말해봐, 히스클리프. 거봐, 대답을 못 하잖아. 당신이 저 애를 좋아할 리가 없어."

제가 참지 못하고 끼어들었어요.

"에드거 주인님이 아가씨를 이런 사람하고 결혼시킬 것 같아요?"

히스클리프가 캐서린 마님을 보며 말했어요.

"그런 건 필요 없어. 에드거의 허락 따위 없이도 얼마든지 나 혼자 할 수 있으니까. 아무튼 내게 당신 시누이 속마음을 알려 줘서 고마워. 내가 한껏 이용해 먹을 테니, 옆에서 구경이나 하라고."

대화는 거기서 끊겼어요. 캐서린 마님은 난롯불 옆에 상기된 채 앉아 있었어요. 그는 팔짱을 낀 채 난로 옆에 서서 뭔가 음흉한 생각을 하고 있었고요. 저는 주방을 나와 2층 주인님 방으로 올라갔어요. 그렇게 오랫동안 아래층에서 아내가 뭘 하는

지 주인님이 궁금해하실 것 같아서요. 주인님이 아래층에서 무슨 일이 있었느냐고 묻자 저는 마당에서 벌어졌던 일과 뒤에 둘 사이에 벌어진 말다툼에 대해 상세히 말씀드렸어요. 주인님은 흥분해서 제 이야기를 끝까지 듣지도 않은 채 고함을 질렀어요.

"도저히 참을 수가 없어! 저런 놈을 친구로 사귀고, 저런 놈을 내게 소개하다니! 넬리, 현관 앞에 장정 둘만 대기시켜놓도록 해. 캐서린이 저런 상놈하고 길게 말다툼하게 놔둘 순 없어."

주인님은 2층에서 내려와 하인들을 복도에서 기다리게 한 후 주방으로 들어갔고 저도 따라 들어갔어요. 그사이 둘은 계속 말다툼을 한 것 같았어요. 우리가 들어갔을 때 마님은 기세등등하게 히스클리프에게 뭔가 퍼붓고 있었고, 그는 약간 기가 죽은 듯 고개를 숙이고 있었지요.

주방으로 들어서자마자 주인님이 캐서린 마님에게 물었어요.

"도대체 뭘 하는 거요? 저런 배우지도 못한 자에게 그런 소릴 들어가면서 상대하고 있다니!"

캐서린 마님이 되물었어요.

"당신, 문 뒤에서 엿듣고 있었던 거예요?"

마치 남편을 약 올리기 위해 철저히 계산하고 하는 소리 같았어요. 게다가 그 말을 듣고 히스클리프는 고개를 젖히고 웃음을 터뜨렸어요. 하지만 주인님은 지그시 화를 눌러 참았어요. 그러고는 차분한 목소리로 히스클리프에게 말했어요.

"내 이제까지는 무던히 참아왔소. 당신의 그 비열한 성품을 몰라서가 아니라 그게 당신 잘못만이 아니라고 생각해왔기 때문이오. 그리고 캐서린이 당신과 친하게 지내고 싶어해서 눈감아주었던 거요. 어리석은 생각이었지. 당신이라는 존재는 아무리 고결한 덕성도 금세 타락시키고 마는 독과 같소. 이제 더 이상 두고 볼 수 없소. 이제부터 이 집 출입을 금하니 당장 떠나시오."

히스클리프는 조롱하는 눈빛으로 주인님의 키와 덩치를 위아래로 재보더군요. 그러더니 마님에게 말했어요.

"캐시, 당신의 순한 양이 황소처럼 내게 협박을 하는군! 이보시오, 린턴 씨. 당신은 때려눕힐 가치조차 없다는 게 참으로 유감이로군!"

에드거 주인님은 얼굴이 하얗게 질린 채 몸을 부들부들 떨었어요. 주인님이 제게 눈짓을 했어요. 하인을 불러오라는 것임을 눈치채고 저는 복도로 나가려 했어요. 그런데 마님이 저를 막

아서더니 열쇠를 돌려 문을 잠가버렸어요. 그러고는 남편에게 말했어요.

"참으로 훌륭한 방법이네요. 혼자 저 사람하고 상대할 용기가 없다면 어서 사과하도록 해요."

그렇지 않아도 하얗게 질려 있던 주인님의 얼굴은 이제 거의 새파래지고 말았어요. 주인님은 비통함에 젖어 비틀거리면서 의자 등받이에 기대더니 얼굴을 가렸어요.

히스클리프가 빈정거렸어요.

"캐시, 젖비린내 나는 겁쟁이 놈과 재미있게 지내시지. 이렇게 침이나 질질 흘리면서 바들바들 떨고 있는 놈이 나보다 좋았단 말이지? 주먹으로 때릴 가치도 없으니 발길질이나 한번 해줘야겠어. 어디 보자, 울고 있나? 아니면 기절이라도 했나?"

그러면서 그는 주인님이 기대고 있던 의자를 흔들었어요. 하지만 너무 가까이 간 게 잘못이었지요. 주인님이 갑자기 몸을 일으키더니 그의 목을 힘껏 가격했어요. 힘이 약한 사람이었더라면 단번에 나가자빠졌을 거예요. 히스클리프는 한동안 숨이 막혀 컥컥거렸고 그사이 주인님은 뒷문을 통해 마당으로 나가서 현관 쪽으로 향했어요.

캐서린 마님이 히스클리프에게 소리쳤어요.

"거봐, 이제 이 집에는 다 왔군! 어서 밖으로 나가. 그 사람이 총을 든 사람들하고 들이닥칠 거야. 얼른 가! 네가 당하는 꼴은 보기 싫어. 차라리 에드거가 당하는 게 낫지."

"아니, 얻어맞은 곳에서 아직도 이렇게 불이 나는데 그냥 가라고? 절대로 그럴 수 없어. 저놈 갈비뼈를 부러뜨리기 전에는 절대로 이 집에서 못 나가!"

저는 밖을 내다보며 그에게 거짓말을 했어요.

"주인님은 안 오시고 마부 한 명이랑 정원사 두 명이 손에 몽둥이를 들고 오는데."

사실은 그들과 함께 주인님이 오고 있었지만 제가 꾸며댄 거지요. 히스클리프는 몽둥이를 든 세 명의 사내를 상대한다는 건 무리라고 생각했는지 부지깽이로 자물쇠를 부순 후 그들이 방으로 들어오기 전에 도망가버렸습니다.

몹시 흥분해 있던 캐서린 마님은 2층으로 가야겠으니 저보고 부축해달라고 하더군요. 2층 응접실로 들어가자마자 그녀는 의자에 주저앉으면서 말했어요.

"넬리, 정말 미칠 것만 같아. 수천 명의 대장장이가 일제히 내 머리를 두드리는 것 같아. 다 이사벨라 때문에 벌어진 일이야. 걔, 내 눈에 띄지 않게 해줘. 걔건 누구건 내 성미를 건드리

면 난 미쳐 날뛸 거야. 그리고 에드거를 만나거든 내가 몹시 아
프다고 말해줘. 그가 나를 놀라게 하고 괴롭혔으니 나도 되갚
아줄 거야. 넬리, 제발 그렇게 해줘. 오늘 일이 나 때문에 벌어
진 건 아니잖아. 도대체 왜 엿들은 거야? 무슨 그런 비겁한 짓
을 한 거야? 내가 이사벨라를 단념하도록 그를 얼마든지 설득
할 수 있었는데. 그런데 저 바보 같은 인간이 엿듣고 이 짓을
하는 바람에 다 엉망이 됐잖아. 흥, 내가 히스클리프하고 계속
친구로 지내지 못하게 된다면, 이런 식으로 에드거가 질투한다
면, 나는 마음에 상처를 입고 앓아누울 거야. 그러면 저들 둘 다
나처럼 앓아눕게 되겠지? 내가 이제까지는 드러내지 않고 살
았지만 내가 정말 화가 나면 얼마나 무서운 사람인지 그에게
말해줘. 그렇게 되면 미쳐버릴 정도로 내 성격이 격하다는 것
도 그에게 알려줘."

하지만 저는 그녀의 말대로 하고 싶은 생각이 없었어요. 저
는 생각했어요.

'저렇게 미리 자신의 격정을 이용할 생각을 하다니! 제 마음
대로 발작을 일으키고 앓아누울 수 있다면 자기 의지로 그걸
억누르고 정상으로 돌아올 수도 있겠지.'

저는 순전히 이기심에서 나온 마님의 계획을 따르고 싶은 생

각이 전혀 없었어요. 주인님의 억지 사과를 받게 해달라는 건데 그래봤자 주인님을 괴롭히는 것밖에 더 되겠어요? 어디 발작해보시지, 하는 생각도 없지 않았고요.

그래서 저는 나리가 응접실 쪽으로 가시는 것을 보고도 아무 말도 않고 그냥 지나쳤어요. 하지만 부부 싸움이 다시 시작되는지 알고 싶어 응접실 문 앞으로 살그머니 다가가 귀를 기울였어요. 주인님이 먼저 입을 열더군요. 화난 기색은 없었고 단지 좀 슬프게 가라앉은 어조였어요.

"일어날 필요 없어요. 오래 있을 생각 없소. 당신과 말다툼을 하거나 화해하려고 온 게 아니오. 단지 내가 알고 싶은 것은, 오늘 이런 사건이 있은 후에도 그와 친하게……."

주인 나리가 거기까지 말했을 때였어요. 마님이 발을 구르면서 말을 가로챘어요.

"오, 제발! 정말로 제발 그 이야기는 다시 하지 말아요. 당신의 피는 너무 차가워서 뜨거워지지 않아! 당신의 피는 얼음이에요."

주인님이 다시 말했어요.

"내가 당신 앞에서 사라지기를 원한다면 어서 대답해요. 앞으로 히스클리프를 단념하겠소, 아니면 나를 버리겠소? 당신이 내 편이면서 동시에 그자 편일 수는 없어요. 당신이 누구를 택할 것인지 분명히 알아야겠어요."

그러자 마님이 미친 듯 큰 소리로 외쳤어요.

"제발 날 내버려둬요! 에드거! 제발 나가줘!"

그녀가 종을 부서져라 흔들었어요. 저는 마치 멀리서 그 소리를 들은 것처럼 천천히 응접실로 들어갔어요. 마님은 소파 팔걸이에 머리를 부딪치면서 이를 바득바득 갈고 있었어요. 이런 말 하기는 뭐하지만, 저는 가증스러운 의도적 발작이라고만 생각했어요.

갑자기 후회에 사로잡힌 에드거 주인님은 어쩔 줄 모르는 채 걱정스러운 표정으로 아내를 바라보고만 있었지요. 주인님은 제게 물을 가져오라고 했어요. 캐서린 마님이 목이 메이는지 말도 못 할 지경이었거든요.

저는 물을 가져왔어요. 하지만 물을 마시게 할 수 없어 그냥 얼굴에 끼얹었어요. 잠시 후 그녀의 사지가 뻣뻣해지면서 눈이 뒤집혔고, 뺨은 핏기 없이 창백해졌어요. 마치 죽은 사람 같았어요. 에드거 주인님은 공포에 사로잡힌 것 같았어요.

제가 주인님 곁으로 가서 조용히 속삭였어요.

"조금도 걱정하실 것 없어요."

사실 저도 걱정이 안 되는 건 아니었지만 주인님이 마님에게 지는 걸 두고 보기가 싫었던 거예요. 저는 주인님에게 마님이 발작을 일으켜 나리께 본때를 보여줄 작정이었다는 말을 해버렸어요. 그런데 그만 조용히 속삭인다는 걸 깜빡 잊었던 거예요. 제 말을 마님이 들었던지 그 자리에서 벌떡 일어나더군요. '뼈가 몇 마디는 부서지겠구나'라고 저는 각오를 했지요. 하지만 캐서린 마님은 주위를 한 번 둘러보고는 응접실 밖으로 나갔을 뿐이에요. 그러고는 자기 방으로 달려가 방문을 잠가버렸습니다.

　다음 날 아침 캐서린 마님이 식사 시간에도 내려오지 않자 제가 방으로 가서 음식을 갖다드릴까 물었어요. 그러자 "싫어!"라고 딱 잘라 대답하더군요. 그날 점심때도 저녁때도 똑같았고 이튿날도 마찬가지였어요.

　에드거 주인님은 주인님대로 서재에 처박혀 꼼짝도 안 하셨습니다. 자기 아내가 어떻게 지내는지 묻지도 않았고요. 다만 딱 한 시간 이사벨라 아가씨를 만나 이야기를 나누었지요. 주인님은 히스클리프가 그런 짓을 했을 때 정말 무섭고 놀랐다는 말이 그녀 입에서 나오기를 기대하고 이런저런 유도신문을 했어요. 하지만 아가씨가 애매모호하게 대답하는 바람에 도무지

만족스럽지 못한 심문이 되고 말았지요. 다만, 만일 그런 거지 같은 놈이 또 그런 짓을 하도록 이사벨라 아가씨가 부추긴다면 남매의 연을 끊겠다고 마지막으로 경고하는 게 전부였어요.

제12장

　　한동안 이사벨라 아가씨는 눈물을 글썽이며 정원과 집 밖을 서성였고, 그녀의 오라버니는 책은 펼치지도 않으면서 서재에 처박혀 있었습니다. 혹시 캐서린 마님이 자기 잘못을 뉘우치고 사과하러 오지 않을까 기대하고 있었던 거지요. 캐서린 마님은 마님대로 자기 남편이 후회하기를 기대하며 방에서 나오지 않고 있었어요. 저는 저에게 주어진 가사를 충실히 수행하고 있었지요. 이런 말씀드리긴 뭐하지만 이곳 스러시크로스 그레인지에 정신이 똑바로 박힌 사람은 저 하나뿐이라는 생각까지 들 정도였어요.

　　그런데 주인님을 놀라게 하려고 꾀병으로 시작되었던 캐서린 마님의 병이 진짜 병이 되어버렸답니다. 그녀는 단식 사흘째 되는 날 드디어 방문을 열었어요. 그러고는 물과 죽을 좀 갖다달라고 하더군요. 저는 차와 토스트를 갖다주었어요. 그녀가 슬며시 주인님이 뭘 하고 있느냐고 묻더군요. 저는 서재에 계신다고 사실대로 말해주었어요. 그러자 그녀가 폭발했어요.

"뭐야? 내가 이렇게 죽어가는데 책 속에 파묻혀 살아? 그 인간이 따라 죽는 것만 확실하다면 당장 죽어버릴 텐데! 오, 여긴 이제 아무도 없어! 내가 지금 죽어도 이사벨라는 무섭다는 핑계로 이 방에 들어오지도 않을 거야! 에드거는 내가 죽은 걸 확인한 뒤 감사의 기도를 드릴 거야! 집안의 평화를 되찾았다고 좋아하면서 다시 책에 파묻히겠지! 뭐야! 내가 죽어가고 있는데 책이나 보고 있어? 내가 연극하는 줄 알아?"

그러더니 베개를 물어뜯고 그 안에 들어 있던 털을 다 뽑아낸 뒤, 한겨울인데도 창문을 열어달라며 날뛰기 시작했어요. 이전의 병이 도진 거지요. 제게는 마님의 성미를 거스르면 안 된다는 의사 선생님의 경고가 생각났어요.

그래요. 캐서린 마님은 의사 선생님 경고대로 발작을 일으킨 거예요. 이후 그녀는 가끔 정신이 들기도 했고, 열에 들떠 헛소리를 하기도 했어요. 그런 상태에서 그녀가 했던 말들이 또렷이 기억나요. 그녀는 제정신이 들면 이런 소리를 했어요.

"맙소사, 난 내가 '폭풍의 언덕'인 내 집에 있는 줄 알았네. 내 방에 누워 있는 줄 알았어. 아아, 그 옛날 내 침대에 누워 있는 거라면 얼마나 좋을까! 넬리, 창문을 열어줘. 전나무 사이로 바람 소리가 들리는 것 같아. 저 들판을 통해온 바람 말이야. 한 줄기라도 그 바람을 맞고 싶어."

또 이런 소리도 했어요.

"지난 7년 동안 나는 헛살았던 거야. 아무것도 기억나지 않아. 나는 그냥 어린아이였어. 아버지 장례를 치른 직후 힌들리 오빠가 나와 히스클리프를 떼어놓아서 나는 슬펐어. 그러더니 나는 갑자기 낯선 사람의 아내가 되었어. 린턴 부인이 되어 스러시크로스 그레인지에 살게 된 거야. 내가 살던 세계에서 추방되어 이방인이 되어버린 거야. 아아, 내가 얼마나 절망했는지 그 누가 알 수 있을까? 아아, 밖으로 좀 나가봤으면! 다시 어린 시절로 돌아갈 수 있다면! 그 시절처럼 다시 야성적이고 건강한 아이가 될 수 있다면! 그 누가 아무리 비웃고 모욕을 해도 화가 나는 게 아니라 비웃을 수 있던 그 시절로 돌아갈 수 있다면! 아아, 내가 왜 이렇게 변해버린 거지?"

그러다 다시 광기에 빠지면, 분명히 폭풍의 언덕은 어둠 속에 잠겨 있는데 거기서 불빛이 보인다며 이런 소리도 했어요.

"저기 봐. 저게 내 방이야. 촛불이 비치고 있지? 다락방에도 촛불이 보이지? 조셉이 내가 돌아오기를 기다리고 있는 거야. 좀 더 기다려야 할 거야. 우린 아직 기머턴 교회 옆을 지나고 있거든. 무덤들 앞에서 '유령아 나와라!'라고 소리치고 있거든. 히스클리프, 지금 다시 그렇게 하자면 할 수 있겠어? 네가 내 무덤 위로 올라올 수 있겠어? 나는 너를 잡고 놔주지 않을 거야. 난 거기 혼자 누워 있고 싶지는 않거든. 나를 아무리 깊이 묻고, 그 위에 교회를 세운다 해도 난 네가 함께할 때까지는 잠들지 못할 거야."

에드거 주인님은 마님이 이 상태라는 것을 거의 일주일이 다 되어서 알게 되었어요. 놀란 주인님은 저를 몹시 꾸짖었지요. 제가 직접 불러온 케네스 의사 선생님은 환자에게 절대적 안정이 필요하다고 말씀하셨어요. 상태가 심각하다는 거였어요. 하지만 우리에게 희망도 주셨어요. 환자가 절대적인 안정을 얼마간 취하고 나면 회복되리라고 말씀해주신 거지요. 그런 후 의사 선생님은 제게 슬쩍 귀띔해주셨어요. 정작 겁내야 하는 건 죽음이 아니라 영원히 정신착란 상태에 빠지는 거라고요.

그런데 모든 사람의 신경이 온통 캐서린 마님에게 쏠려 있는 사이, 정말 중요한 사건이 터졌어요. 제가 의사 선생님을 부르러 갔던 바로 그날 벌어진 일이에요. 우리가 그 사건을 알게 된 것은 그다음 날이었고요.

의사 선생님이 다녀가신 날 밤, 저와 에드거 주인님은 걱정되어 거의 뜬눈으로 밤을 새웠어요. 그만큼 캐서린 마님의 상태가 심각했던 거지요. 다음 날 아침 집안 하인들도 모두 일찍 일어나 조심조심 행동했어요. 그런데 꽤 늦은 시각이 되었는데도 이사벨라 아가씨가 보이지 않았어요. 주인님은 올케언니가 저렇게 아픈데도 아무런 관심도 보이지 않는 동생에 대해 괘씸해하는 것 같았어요.

그때였어요. 이른 새벽 기머턴으로 심부름을 갔던 하녀 한 명이 헐레벌떡 위층 방으로 뛰어들어오더니 주인님 앞에서 소리쳤어요.

"큰일 났어요, 주인님! 작은아씨가, 작은아씨가 가버렸어요! 히스클리프가 데리고 가버렸대요."

주인님은 믿을 수 없다는 표정을 지으면서 도대체 어디서 그런 소리를 들었느냐고 하녀 아이를 다그쳤어요. 그러자 하녀 아이가 말했어요. 마치 신나는 무용담을 이야기할 때의 표정이었어요.

"돌아오는 길에 우리 집에 우유 배달하는 아이를 만났어요.

저를 보자마자 저희 저택에 난리가 났겠다고 말하는 거예요. 저는 마님이 편찮으신 일로 그러는 줄 알았어요. 그런데 그게 아니었어요. '누가 쫓아갔어?'라고 말하는 거예요. 제가 어리둥절해하니까 아무것도 모르고 있다는 걸 알고 이야기해주었어요. 자정이 넘은 시각, 기머턴에서 2마일 정도 떨어져 있는 대장간에 어떤 남자와 여자가 찾아왔대요. 말에 편자를 박으러 왔다고 하더래요. 대장간 집 딸아이가 문틈으로 보니 남자는 히스클리프 씨였대요. 여자는 외투로 얼굴을 가리고 있어 알아볼 수 없었는데, 물을 마실 때 외투가 흘러내리는 바람에 얼굴을 똑똑히 볼 수 있었대요. 바로 이사벨라 아가씨라는 걸요. 그 뒤 두 사람은 말 위에 오르더니 마을을 등지고 떠나가더랍니다."

하녀의 호들갑이 끝나자 제가 주인님께 말했어요.

"어떻게든 쫓아가서 데려와야 하겠지요?"

뜻밖에도 주인님이 차분한 목소리로 말했어요.

"자기가 좋아서 나간 거니 더 이상 그 애 이야기는 하지 마. 이제 그 애는 이름만 내 동생일 뿐이야. 내가 그 애를 버린 게 아니라 그 애가 나를 버린 거야."

그러고는 더 이상 아무것도 묻지 않고 아무 말도 하지 않으

셨어요. 다만, 아가씨가 어디 있는지 알게 되면 그 집으로 아가
씨 짐들을 보내라고 분부하신 게 전부였어요.

제13장

도망자들은 두 달 동안 소식 하나 없었습니다. 그사이 캐서린 마님은 악성 뇌막염까지 걸려 최악의 상황까지 갔다가 겨우 회복되었습니다. 에드거 주인님은 지극 정성으로 아내를 간호했어요. 외아들을 간호하는 어머니라도 그 정도 정성은 보이지 못했을 거예요. 밤이나 낮이나 그 곁을 지키면서, 예민해진 신경과 오락가락하는 정신 때문에 아내가 부리는 온갖 변덕과 신경질을 다 견뎌냈으니까요. 케네스 의사 선생님은 그녀를 살려낸 주인님의 정성에 대한 보답이라야 결국 그녀가 몰고 올 끝없는 우환뿐이리라고 말했지만, 캐서린 마님이 고비를 넘겼다는 말을 듣자 주인님은 이루 말할 수 없이 기뻐하셨습니다.

캐서린 마님은 이듬해 3월이 되어서야 처음으로 방을 나설 수 있었습니다. 저는 주인님이 이렇게 정성스레 간호를 해주시니 그녀가 회복될 수 있으리라는 희망을 품었습니다. 또 그녀는 정말로 건강을 회복해야만 했어요. 그녀의 몸 안에 새 생명이 자라고 있었거든요. 조만간 린턴 가문의 상속자가 태어나면 에드거 주인님이 정말 기뻐할 것이며 린턴가의 재산을 이방인의 발톱으로부터 지켜줄 수도 있으리라는 희망을 저는 속으로 품고 있었어요.

참, 이 말씀은 드려야겠네요. 이사벨라 아가씨는 집을 나간 지 6주 후에 주인님께 편지를 한 통 보내왔어요. 그 편지에는 "히스클리프와 결혼했다"는 짧은 사연만이 담겨 있었답니다. 편지는 별다른 사연 없이 삭막했지만 그 끝에 흐릿한 글씨로 용서를 비는 이런저런 말과 사과의 말이 적혀 있었어요. 그리고 그때는 어쩔 수 없었다, 이미 엎질러진 물이니 돌이킬 수도 없다고도 덧붙였고요. 에드거 주인님은 답장을 쓰지 않았어요.

그로부터 2주일 후 저는 이사벨라 아가씨가 보낸 아주 긴 편지를 받았어요. 밀월여행에서 돌아와서 쓴 편지라고는 볼 수 없는 내용이었지요. 제가 그 편지를 아직 가지고 있으니 그대로 읽어드릴게요.

넬리에게,

어제저녁 '폭풍의 언덕'으로 돌아왔어. 그리고 새언니가 몹시 아프다는 소식을 들었어. 새언니에게 편지를 쓸 형편이 안 되는 건 말 안 해도 알지? 오빠는 내 짧은 편지에 답장이 없는 걸 보니 몹시 화가 나셨나봐. 그러니 오빠에게도 편지를 쓸 수가 없어. 하지만 편지를 쓰지 않고는 못 배기겠어. 남은 사람은 결국 넬리밖에 없네.

에드거 오빠에게 전해줘. 만일 오빠를 다시 볼 수만 있다면 이 세상 전부와도 바꿀 수 있다고. 스러시크로스 그레인지를 떠난 지 단 하루 만에 내 마음은 이미 그곳으로 돌아갔고 지금도 그곳에 머물러 있다고. 그리고 지금 내 마음은 오빠와 새언니에 대한 애정으로 가득 차 있다고. 하지만 내 마음이 원하는 곳으로 나는 갈 수가 없어.

이제부터 하는 이야기는 오로지 넬리에게만 하는 거야. 단도직입적으로 물어볼게.

히스클리프 씨가 사람이 맞아? 만일 그렇다면 미친 거야? 사람이 아니라면 악마야? 나를 보러 오거든 내가 어떤 존재와 결혼한 건지 제발 설명 좀 해줘. 넬리, 가능한

한 빨리 좀 와줘.

이제부터 내 새 가정인 '폭풍의 언덕'에서 내가 어떤 대접을 받았는지 말해줄게. 지내기가 불편하네, 어쩌네, 이런 소리를 하는 게 아냐. 차라리 그런 건 느낄 겨를조차 없다고 하는 게 맞아. 생활이 불편한 것만이 나의 실제 불행의 전부이고 나머지는 한낱 꿈에 불과하다면 나는 덩실덩실 춤이라도 출 거야.

이곳으로 돌아오면서 막 들판으로 접어들었을 때, 해가 그레인지 농원 뒤로 지는 걸 보고 6시쯤 되었음을 알 수 있었어. 그곳에서 히스클리프는 족히 반 시간 동안은 공원과 정원, 그리고 집을 세심하게 돌아보았어. 그래서 우리가 마당에 도착해 말에서 내렸을 때는 이미 날이 저물었어. 넬리랑 친한 하인 있지? 조셉 말이야. 그 사람이 촛불을 들고 우리를 맞았어. 히스클리프 씨가 그와 이야기를 나누는 사이 나는 주방으로 들어갔어. 넬리가 본다면 전에 알던 주방이 맞는지 어리둥절할 거야. 너무 지저분했어.

난로 옆에 체격 좋은 불량배 같은 소년이 한 명 서 있었어. 더러운 옷을 입고 있었지만 눈매나 입모습이 새언니를 닮은 것을 보고 오빠의 처조카인 걸 알 수 있었지. 나는 생각했어.

'그렇다면 어쨌든 저 소년은 내게도 조카뻘이네. 뽀뽀라도 해줘야지.'

나는 소년에게 다가가 그 아이 손을 잡으려고 손을 내밀며 "안녕, 헤어턴"이라고 인사했어. 하지만 돌아온 답례는 "꺼지지 못해!"라는 말과 함께 알아듣기 힘든 욕설이었어. 헤어턴은 구석에서 잠자고 있던 잡종 불도그를 깨우더니 "스로틀러, 물어라! 쉭!"이라고 말하는 거야.

목숨이 아까웠으니 녀석이 하는 말을 따르는 수밖에! 나는 주방 밖으로 나왔어. 그러고는 누군가 안에서 나오길 기다리며 서 있었지. 히스클리프 씨는 어디로 갔는지 코빼기도 비치지 않았어. 아마 외출한 것 같았어. 신혼여행에서 돌아와서는 나를 그냥 내버려둔 거야. 아무런 인기척도 없기에 나는 마당을 돌아 다른 문이 없나 찾아봤어. 쪽문이 하나 보이기에 나는 문을 두드렸어.

조금 있자니 키 크고 여윈 사람이 문을 열어주더군. 허름한 차림에 텁수룩한 머리칼이 어깨까지 늘어서 있어서 얼굴을 알아볼 수 없을 정도였어. 하지만 그 눈만은 유령

같은 새언니 캐서린의 눈하고 어딘가 닮아 있었어. 새언니 눈에서 아름다움만 빼버린다면 딱 이런 눈일 거야.

그 남자가 내게 험악한 기세로 물었어.

"여기서 뭐 하는 거요? 당신 누구요?"

"저는 이사벨라 린턴이에요. 전에 뵌 적이 있지요? 얼마 전에 히스클리프 씨와 결혼했고 남편이 저를 이리로 데려온 거예요. 언쇼 씨가 허락하신 것 아닌가요?"

그 은둔자 같은 사람이 눈빛을 빛내며 물었어.

"그자가 돌아왔다 이거요?"

"네, 방금 도착했어요."

그러자 그가 히스클리프 씨 욕을 해대기 시작했어. 악담과 저주를 늘어놓고는 그 악마가 자기를 속이면 어떤 보복을 받을지 맛을 보여주겠다며, 이를 갈았어. 나는 문을 두드린 걸 금방 후회했어. 그런데 그가 나를 안으로 들어오게 하더니 문을 잠가버렸어.

방 안에는 난로가 불타고 있었는데 그 큰 방에 불빛이라고는 그것뿐이었어. 내가 전에 들어왔던 그 큰 방인데 완전히 낯선 곳에 온 것 같았어. 흰색이던 마룻바닥은 거의 잿빛이었고 그렇게 반짝이던 그릇들도 때가 타고 먼지가 앉아서 한결같이 우중충했어.

나는 용기를 내서 혹시 하녀를 불러서 침실 안내를 하게 해줄 수 없겠느냐고 그에게 물었어. 하지만 언쇼 씨는 아무 대답도 없이 방 안을 서성일 뿐이었어. 마치 내 존재는 까맣게 잊은 것 같았어.

내가 다시 여행해서 피곤하다며 하녀를 불러달라고 하자 그가 이 집에 하녀 같은 건 없다고 대답했어. 그러더니 이렇게 말하는 거야.

"조셉이 히스클리프 방으로 데려다줄 거요. 하지만 그 방에 들어가면 잊지 말고 방문을 걸어 잠그시오."

나는 당연히, 왜 그러느냐고 물었어. 그랬더니 그가 희한하게 생긴 권총 한 자루를 조끼에서 꺼내며 이렇게 대답하는 거야. 양날 칼이 총구 앞에 붙어 있었지.

"안 그러면 내가 쏜 총에 죽을지도 모르니까. 난 매일 밤 이걸 들고 그놈 방으로 올라가 문고리를 돌려보거든. 자포자기한 사람에게는 그보다 더 큰 유혹이 없지. 한 번이라도 문이 열렸다면 그 녀석은 벌써 골로 갔을걸."

나는 그에게 물었어.

"히스클리프 씨가 당신께 무슨 짓을 했는데요? 그렇게

죽이고 싶을 정도로 밉다면 나가라고 하면 되지 않나요?"

그가 대답했어.

"나가라고? 안 될 말씀! 집을 나간다고 하는 순간 녀석은 죽은 목숨이야! 나는 내 재산을 되찾아야 해! 내 자식 헤어턴을 거지로 만들 수는 없어! 그 녀석 돈도 다 빼앗을 거야. 그런 후 그놈 피도 맛봐야 해!"

넬리, 전에 넬리의 옛 주인이 어떤 사람인지 알려주었었지? 그 사람은 거의 미친 거나 다름없었어. 적어도 어젯밤에는 분명히 미친 사람이었어. 나는 얼른 큰 방을 나와 다시 주방으로 갔어.

주방으로 들어가니 조셉이 보이기에 그에게 말했어.

"올라가야겠어요. 나를 방까지 안내해줘요."

그는 "방이요? 이 집에 방 같은 게 있나?"라고 말한 후, 있는 대로 투덜거리면서 자리에서 일어나더니 앞장서서 계단을 오르기 시작했어. 우리는 다락방이 있는 꼭대기 층까지 올라갔어. 그는 지나는 길에 이 문 저 문 열어서 안을 들여다보더니 어떤 문 앞에서 "여기가 좋네" 하며 경첩이 삐죽 빠져나올 것 같은 문을 활짝 열어젖히고 내게 말했어.

"저 구석이 깨끗하군. 저기 곡식 부대 위는 깨끗합니다. 옷이 더러워질까봐 걱정되면 저 위에 수건을 까쇼."

조셉이 좋다고 한 그 방은 곡물 냄새가 코를 찌르는 창고였어. 나는 기가 막혀서 그에게 말했어.

"나보고 여기서 밤을 보내라고요! 내가 잘 방을 보여달라니까! 히스클리프 씨가 세낸 방이 다락방은 아닐 거 아녜요!"

그가 능청스럽게 말했어.

"아니, 히스클리프 어른의 방을 보여달라는 거였수? 진즉 말씀하시지. 그렇다면 딱 잘라 안 된다고 미리 말하는 건데. 그 방은 언제나 잠가놓고 있어 아무도 얼씬 못 합니다요."

나는 벌컥 화를 내고 말았어.

"이봐요, 어디든 좋으니 내가 좀 쉴 곳을 찾아줘요."

그가 결국 나를 어디로 데려갔는지 알아? 헤어턴 방으로 데려간 거야. 조셉이 그래도 제 깐에는 신경 쓴다고 헤어턴을 자기 방으로 데리고 가더군. 나를 그 방으로 안내하면서 조셉이 뭐라고 중얼거렸는지 알아?

"당신과 당신 자존심에 딱 맞는 방이로군."

어쨌든 난 그 방 의자에 앉아 곯아떨어졌어. 그런데 곧 잠에서 깨어나고 말았어. 히스클리프 씨가 금방 들어와서는 나를 깨운 거야. 그가 내게 말했어.

"아니 이런 데서 뭐 하는 거요?"

나는 우리 방 열쇠를 그가 가지고 있어서 이럴 수밖에 없다고 대꾸했지. 그러자 그가 불같이 화를 내는 거야. 바로 '우리'라는 말 때문이었어. 그 방은 절대로 내 방이 될 수 없다는 거야. 그가 한 말을 고스란히 옮기지는 않겠어. 그리고 그의 평상시 행동이 어떤지 길게 늘어놓지도 않겠어. 다만 내가 자기를 싫어하는 방법을 찾아내는 데는 정말 귀신이라는 말은 꼭 해주겠어. 어떻게 하면 내 증오심을 북돋울 수 있는지 끊임없이 연구하는 것만 같아. 때로는 너무나 놀라워서 무서움을 느끼지도 못할 정도야. 그는 정말 무서운 사람이야. 호랑이나 독사도 그만큼 무섭지는 않을 거야.

새언니 캐서린이 아프다는 소리를 그에게서 들었어. 그는 새언니가 아픈 게 오빠 때문이래. 그러면서 자기가 오빠를 직접 혼내주기 전까지는 대신 나를 괴롭히겠대.

넬리, 그 사람이 정말 싫어. 정말 비참해. 정말 바보 멍청이였어. 넬리, 그레인지 저택 사람들에게 내 이야기는 제발 비밀로 해줘. 넬리가 와주기를 매일 기다릴 거야. 나를 실망시키지 말아줘.

이사벨라

제14장

저는 편지를 읽자마자 주인님께 갔어요. 저는 이사벨라 아가씨가 '폭풍의 언덕'에 왔다는 것, 아가씨가 마님의 병세에 대해 걱정하고 있다는 것, 주인님을 몹시 보고 싶어한다는 편지 내용을 전했어요. 그리고 저를 통해 용서한다는 말을 전해 듣기를 바란다는 뜻도 전했어요. 그러자 주인님이 뜻밖의 말씀을 했어요.

"용서라니! 넬리, 나는 그 애에게 용서고 뭐고 할 게 없어. 오늘 오후에 거기 가봐도 좋아. 가서 그 애에게 내가 화가 난 게 아니라고 말해줘. 그 애를 잃은 게 섭섭하고 그 애가 행복해질 수 없다는 게 슬플 뿐이야. 어쨌든 내가 그 애를 보러 가는 일은 없을 거야. 우리는 영원히 헤어진 거니까. 그래도 그 애가 진정으로 나를 위해 뭔가 하고 싶다면 제발 그 악당을 설득해서 이 지방을 떠나게 해달라고 말해줘."

저는 주인님께 간단한 편지라도 써달라고 간청했지만 주인님은 냉정하게 거절했어요. 결국 저는 빈손으로 '폭풍의 언덕'에 갈 수밖에 없었어요.

'폭풍의 언덕'에 도착하자 저는 노크도 하지 않고 집 안으로 들어갔어요. 참 기가 막히더군요. 전에는 그토록 쾌적했던 집이 그렇게 스산하고 우울하게 변하다니! 이사벨라 아가씨도 그 집 분위기와 어울리는 사람이 되기로 작정한 것 같았어요. 얼굴에는 생기가 없었고 머리카락도 그냥 풀어져 있었어요.

힌들리 주인님은 외출 중인지 안 계셨고 히스클리프가 탁자에 앉아서 수첩을 뒤적이고 있더군요. 제가 들어가니까 그가 자리에서 일어나더니 제법 상냥하게 안부를 묻고는 의자를 내밀며 앉으라고 권했어요. 마치 그 집에서 점잖아 보이는 사람은 히스클리프밖에는 없는 것 같았어요. 그는 그 어느 때보다도 더 멀쑥해 보였어요. 낯선 사람이 본다면 그는 점잖은 신사이고 그의 아내인 이사벨라 아가씨는 더러운 하녀라고 여길 정도였어요.

이사벨라 아가씨는 간절한 표정으로 은밀히 제게 손을 내밀었어요. 오라버니의 편지를 기대한 거지요. 그 모습을 히스클리프가 보고 먼저 말하더군요.

"이사벨라에게 주려고 가져온 거 있으면 주도록 해. 그렇게 숨길 것 없어. 넬리, 우리 사이에 비밀은 없잖아."

저는 사실대로 말하는 게 상책이라고 생각하고 말했어요.

"아가씨, 아무것도 없어요. 나리께서는 다정한 안부를 전하셨어요. 그리고 아가씨 때문에 겪게 된 일들에 대해서는 다 용서하신답니다. 하지만 주인님은 이 댁과 교류를 해봤자 소용없으니 관계를 끊겠다고 분명히 말씀하셨어요."

이사벨라 아가씨의 입술이 약간 떨리는 것 같았어요. 그녀가 창가 의자로 가서 앉자 히스클리프가 캐서린 마님의 안부를 묻더군요. 저는 마님이 회복 중이라고 대답했어요. 그러자 히스클리프가 단도직입적으로 묻더군요.

"나는 그녀를 만날 테야. 넬리, 도와줄 거지?"

"안 돼! 당신과 주인님이 다시 만나는 일이 벌어진다면 그건 마님을 죽이는 길이야."

"넬리가 도와주면 그런 일은 피할 수 있잖아. 캐시는 그놈 때문에 죽어가고 있는 거야. 만일 그자가 캐시가 목숨을 유지하는 데 조금이라도 방해가 된다면 극단적인 방법을 생각해볼 수밖에 없어. 넬리, 내가 묻겠는데 솔직히 말해봐. 캐시가 에드거를 잃으면 정말 애통해할까? 내가 이렇게 참고 있는 건 혹시 캐시가 슬퍼할까봐 두려워서일 뿐이야. 이만하면 둘 사이에 감정이 얼마나 다른지 알 수 있겠지? 내가 그의 입장이었다면 설사 죽이고 싶을 정도로 내가 밉더라도 내게 손끝 하나 대지 않았을 거야. 진정한 사랑이란 그런 거야. 내게 해를 가하면 그녀가 입을 마음의 상처를 조금도 생각하지 않는 건 사랑이 아니야. 그래서 나는 그자에게 손끝 하나 대지 않는 거야. 만일 캐시가 그자에 대해 조그만큼도 관심을 두지 않게 된다면 나는 당장 그자의 심장을 후벼 파내고 그자의 피를 마실 거야! 하지만 그 전까지는 비록 내 목숨이 조각조각 잘려나가는 한이 있더라도 그자의 머리카락 한 올 안 건드릴 거라고."

저는 곧장 반박했어요.

"우리는 그녀가 회복될 수 있으리라는 희망을 이제 겨우 갖기 시작했어. 그런데 그 희망을 송두리째 앗아가려고? 정말로, 왜 그런 생각은 못 하는 거지? 그녀는 당신을 거의 잊었는데 억지로 기억 속으로 비집고 들어가려는 거잖아!"

"넬리, 그녀가 정말 나를 잊었다고 생각해? 그렇지 않다는 건 네가 잘 알잖아. 나도 내가 가장 비참한 지경에 빠졌을 때 그런 생각을 했던 적이 있어. 하지만 그녀 입으로 직접 듣기 전에는 절대로 그런 끔찍한 생각은 두 번 다시 안 할 거야. 그녀가 정말로 나를 잊는다면 내 앞에는 죽음과 지옥이라는 두 단어만 있게 되는 셈이야. 그녀 없는 삶은 지옥이야. 한때, 그녀가 나보다 에드거 린턴을 더 사랑한다고 생각했다니, 내가 정말 얼마나 바보였는지! 그자가 아무리 온갖 노력을 다해서 여든 해를 그녀를 사랑한다 해도, 내가 단 하루 사랑하는 것만 못해! 그녀가 그자를 아끼는 건, 자기 개나 말을 아끼는 것에 불과하다고."

그때였어요. 이사벨라 아가씨가 갑자기 기운을 차리고 외쳤어요.

"캐서린 언니와 에드거 오빠는 그 어떤 부부보다 더 서로 사랑하고 있어요! 그 누구도 그런 식으로 말할 수 없어! 오빠에 대해 함부로 말하면 내 가만있지 않을 거예요."

히스클리프가 조롱하는 투로 말했어요.

"당신 오빠는 당신도 무척 사랑하지, 안 그래? 그래도 참 거뜬히 당신을 쫓아내더군."

"오빠는 내가 지금 얼마나 고통 받고 있는지 전혀 모르고 있어요."

제14장

제가 다시 끼어들었어요.

"아가씨, 아가씨가 바뀐 환경에서 이렇게 힘들게 사는 줄 몰랐어요. 아마 사랑이 부족해서겠지요. 히스클리프, 당신 부인이 보살핌을 받으며 살아왔다는 걸 잊지 말았으면 해. 최소한 그녀가 당신을 열렬히 사랑했다는 건 확실하잖아. 만일 그렇지 않았다면 어찌 그 안락한 집과 식구들을 버리고 당신을 따라나섰겠어? 그러니 그 보답으로 그녀를 아껴줘."

"그건 저 여자가 망상에 빠졌던 것에 불과해. 마치 나를 로맨스에 나오는 남자 주인공으로 착각했던 거지. 내가 기사도를 발휘해서 헌신적으로 아껴주길 기대했던 거야. 나는 저런 여자를 이성을 지닌 여자로 볼 수 없어. 저 여자는 내가 어떤 사람인지 아무것도 모르면서 나를 좋아한다고 착각했을 뿐이야. 이제 와서야 내가 누군지 조금씩 알아가는 것 같더군. 정말로 눈물겨운 노력을 해서 겨우 얻게 된 소득이지. 하지만 아직 완전히 깨달은 건 아니야. 오늘 아침에 뭐라는지 알아? 뭐, 자기가 나를 미워하게끔 하는 데 내가 성공했다고? 저렇게 한심하고 저속한 여자가, 자기밖에 모르는 여자가 감히 내가 자기를 사랑할 줄 알았다니, 그런 헛꿈을 꿨다니, 정말 터무니없고 멍청한 짓 아니야? 넬리, 주인에게 가서 전해. 저 여자처럼 천한 여자는 본 적이 없다고! 또 내가 하는 짓은 법의 테두리를 절대로 넘지 않을 테니 치안판사랍시고 까불다가는 큰코다친다고 전해. 나는 저 여자에게 이혼을 청구할 빌미도 주지 않았어. 하긴 누군가 우리를 떼어놓으려 해도 저 여자가 좋아하지 않을 거야. 가고 싶으면 가라고 해. 옆에 있으면 성가실 뿐이니!"

제가 참지 못하고 소리쳤어요.

"히스클리프! 미친 소리 그만해. 아가씨, 저런 소리 듣고도 여기 계실 거예요?"

이사벨라 아가씨가 이글거리는 눈으로 대답했어요.

"넬리, 조심해! 저 사람이 말하는 건 단 한 마디도 믿지 마. 저 사람은 악마든지 괴물이든지 암튼 인간이 아니야! 전에도 나가려면 나가라고 해서 그러려고 했었어. 하지만 이제는 거기에 안 넘어가! 약속해줘, 넬리. 저 사람이 떠드는 말을 단 한 마디도 오빠나 새언니에게 전하면 안 돼. 모두 오빠를 자극해서 절망에 빠뜨리려고 일부러 저러는 거야. 나랑 결혼한 것도 오빠를 제멋대로 주무르기 위해서라고 실토했어. 하지만 뜻대로는 안될걸. 그 전에 내가 죽어버릴 거야. 내가 진정으로 바라는 게 뭔지 알아? 저 사람이 그 악마 같은 조심성을 잃고 나를 죽여버리게 하는 거야. 내가 죽거나 저 사람이 죽는 걸 보는 거,

난 그런 기쁨의 순간을 상상하면서 살고 있어!"

"이제 그만하면 됐어. 당신이 점점 나를 닮아가니 기분이 묘하네. 자, 나는 넬리와 나눌 이야기가 있으니 당신은 2층으로 올라가."

히스클리프는 아가씨를 억지로 밖으로 몰아내더니 제게 말했어요.

"내게 동정심 따위는 없어. 벌레가 몸부림치면 칠수록 창자가 터져버리도록 짓밟아주고 싶거든!"

"당신 동정심이란 게 무슨 뜻인지나 알아?"

저는 그에게 반박하며 자리에서 일어나 모자를 집었어요.

그러자 그가 제게 말했어요.

"그 모자 제자리에 놔. 나하고 약속하기 전에는 여기서 못 나가. 나는 캐시를 만나기로 결심했어. 그러니 네가 도와줘야 해. 내가 그냥 찾아갔다가 에드거를 만나면 한주먹에 때려눕힐 거야. 그건 원하지 않지? 너라면 아무도 모르게 그녀를 만날 수 있게 해줄 수 있잖아?"

"제발 그만둬. 계속 이렇게 고집하면 에드거 주인님께 당신 계획을 미리 말씀드릴 거야."

"그렇다면 내일 아침까지 여기서 못 나갈 줄 알아. 자, 여기

갇혀 있을래, 아니면 내가 시키는 대로 할래?"

록우드 씨, 저는 대들기도 하고 설득도 하고 50번도 넘게 거절도 했어요. 하지만 결국 그의 설득에 제가 넘어가고 말았어요. 그의 편지를 마님께 전해주겠다고 약속했을 뿐 아니라, 주인 나리가 집에 없는 때를 알려주겠다고 했어요. 하인들도 모두 내보내고 저도 자리를 비켜주겠다고 약속한 거예요. 저는 그렇게 해서 주인님과 히스클리프가 또다시 충돌하는 걸 막을 수도 있다고 생각한 거예요. 록우드 씨, 제가 잘한 건지 잘못한 건지는 아직도 모르겠어요.

아, 케네스 의사 선생님이 오셨네요. 제가 내려가서 록우드 씨 몸이 많이 회복되었다고 말씀드릴게요. 제 이야기가 너무 길고 지루했지요? 나머지는 언제고 시간 날 때 계속해드릴게요.

큰글자 세계문학컬렉션 28

폭풍의 언덕 1

펴낸날	초판 1쇄 2019년 11월 25일

지은이	에밀리 브론테
편 역	진형준
펴낸이	심만수
펴낸곳	(주)살림출판사
출판등록	1989년 11월 1일 제9-210호

주소	경기도 파주시 광인사길 30
전화	031-955-1350 팩스 031-624-1356
홈페이지	http://www.sallimbooks.com
이메일	book@sallimbooks.com

ISBN	978-89-522-4129-0 04800
	978-89-522-4101-6 04800 (세트)

※ 값은 뒤표지에 있습니다.
※ 잘못 만들어진 책은 구입하신 서점에서 바꾸어 드립니다.

이 도서의 국립중앙도서관 출판시도서목록(CIP)은 서지정보유통지원시스템 홈페이지
(http://seoji.nl.go.kr)와 국가자료공동목록시스템(http://www.nl.go.kr/kolisnet)에서
이용하실 수 있습니다.(CIP제어번호: CIP2019047234)